김문형 新무협 판타지 소설
FANTASTIC ORIENTAL HEROES

실명무사 6

김문형 新무협 판타지 소설

초판 1쇄 찍은 날 § 2019년 8월 21일
초판 1쇄 펴낸 날 § 2019년 8월 28일

지은이 § 김문형
펴낸이 § 서경석

총괄팀장 § 노종아
편집책임 § 신나라

펴낸곳 § 도서출판 청어람
등록번호 § 제387-1999-000006호
등록일자 § 1999. 5. 31
어람번호 § 제2-2806호

주소 § 경기도 부천시 부일로 483번길 40 서경B/D 3F (우) 14640
전화 § 032-656-4452   팩스 § 032-656-4453
http://www.chungeoram.com
E-mail § chungeorambook@daum.net

ISBN 979-11-04-92039-4 04810
ISBN 979-11-04-91975-6 (세트)

6

실명무사

김문형 무협 판타지 소설

FANTASTIC ORIENTAL HEROES

1장.

대명각에 침입한 자객

　정영은 영문을 몰라 하는 무명을 끌고 대명각의 주방으로 갔다.

　주방에 들어선 무명은 깜짝 놀라고 말았다.

　장삼과 가사를 벗고 흰옷으로 갈아입은 진문이 식칼과 국자를 든 채 서 있는 게 아닌가?

　그뿐 아니라 주방에는 식재료가 잔뜩 쌓여 있는 것은 물론, 화로의 솥에 담긴 물과 기름은 이미 펄펄 끓고 있었다.

　무명이 입을 딱 벌리고 있을 때, 진문이 말했다.

　"임시로 차린 소림사 주방에 잘 오셨소."

　"이게 다 무엇이오?"

"보면 모르겠소? 식재료와 물과 기름, 또 양념과 조미료와……."

"그건 알고 있소. 내가 묻고 싶은 것은 왜 당신이 주방에 있느냐는 것이오."

그러자 진문이 식칼과 국자를 든 양팔을 교차해서 가슴 앞으로 모았다.

척!

마치 무공 고수가 초식을 출수하기 전에 기수식을 취하는 듯한 자세.

소림승, 아니, 식신(食神)으로 변한 진문이 말했다.

"지하 도시를 잠행하고 무사히 탈출한 기념으로 오늘 이 진문이 당신과 정영을 위해 크게 한턱을 내고자 하오."

"……."

무명이 할 말을 잃은 채 멍하니 진문을 쳐다보다가 물었다.

"고맙소. 그런데 주방까지 빌릴 필요가 있었소?"

"모르는 소리."

진문이 식칼을 좌우로 까닥거리며 말했다.

"자고로 음식은 보는 맛이 절반, 먹는 맛이 절반이라고 했소. 세상에서 가장 재미있는 삼대 구경이 무엇인지 아시오?"

"모르겠소. 무엇이오?"

"불구경, 싸움 구경, 요리 구경이오. 사람들은 앞의 두 구경에만 눈길을 줄 뿐 마지막 요리 구경은 좀처럼 할 생각을 못하고 먹는 데만 급급하지. 하지만 요리 구경이야말로 천하제일 구경으로 꼽을 수 있소."

"……."

무명은 다시 한번 입을 다물었다.

먼젓번은 어이가 없어서 침음했다면, 이번에는 웃음을 참기 위해서였다.

항상 진중하던 소림승 진문이 삼대 구경 운운하는 얘기를 하자 자기도 모르게 얼굴근육이 씰룩거리며 미소가 지어졌던 것이다.

무명은 주방 안을 천천히 둘러봤다.

주방은 대형 객잔인 대명각답지 않게 작고 아담했다. 본주방은 따로 있고, 진문이 빌린 곳은 비상시에 고급 손님을 접대하기 위해서 별채에 마련된 주방인 것 같았다.

요리 준비는 물론, 둥근 원형 탁자에는 이미 네 명분의 그릇과 수저 등이 놓여 있었다.

그런데 원탁 한가운데에 괴이한 물건이 보였다.

"이건 설마……."

무명이 고개를 갸웃거리며 물건을 들여다보자 옆에서 정영이 설명했다.

"나한상이오. 당신이 오기 전에 진문이 만들었소."

"……!"

무명은 입을 딱 벌리고 감탄했다.

원탁 위에 놓여 있는 것은 일 척 크기의 나한상이었다.

그런데 나한상은 나무를 깎거나 돌을 조각해서 만든 게 아니었다. 당근을 깎아서 만든 것이었다.

중원에서는 귀한 손님을 대접할 때 전설 속의 동물이나 짐승을 야채로 조각해 놓는 풍습이 있었다. 조각상은 용, 봉황 같은 영물이나 학, 사슴, 금붕어같이 오래 사는 짐승이 대부분이었다.

하지만 나한상은 생전 처음 보는 조각상이었다.

아니, 중원의 어느 누가 식탁에 나한상이 오르리라고 상상이나 할 수 있었을까?

나한상은 당근을 깎아 만들어서 전신이 붉은색이었다. 또한 근엄한 표정과 울룩불룩한 근육들이 마치 당장에라도 살아 움직일 것처럼 생동감이 흘러넘쳤다.

두 개의 단봉으로 망자들을 사정없이 패던 진문.

그는 뜻밖에 섬세한 손재주까지 갖고 있었던 것이다.

진문이 화로 쪽으로 몸을 돌렸다.

"그럼 소림사 특선 요리를 시작하겠소."

그는 솥으로 다가가서 국자로 물을 푼 뒤 냄비에 옮겨 담았다. 그리고 냄비를 다른 화로에 올렸다.

"소림사는 아시다시피 숭산 중턱에 있소. 강호인에게는 대

수룹지 않겠으나 일반 사람들은 소림사까지 올라오면 숨이 턱
에 차고 진이 빠지곤 하오."

진문은 요리를 하는 동시에 자세한 설명까지 곁들였다.

"소림사의 지객당에서는 허기가 진 손님에게 속을 풀라는
뜻으로 먼저 탕부터 내지."

그는 도마가 놓인 식탁으로 가더니, 식칼을 들고 야채를 다
듬었다.

중원의 식칼은 날이 큼지막한 직사각형 모양으로, 어른 손
바닥을 세 개쯤 합쳐놓은 크기였다.

일견 무식해 보이는 식칼은 진문이 손을 놀리자 빠르게 도
마 위를 뛰어다녔다.

타타타타!

그가 다듬는 야채는 표고버섯과 느타리버섯이었다. 두 종
류의 버섯은 순식간에 가늘게 썬 채로 둔갑했다.

"버섯은 향이 좋고 씹는 맛이 있어서 산에서 나는 식재료
중 단연 으뜸이오."

무명, 정영, 문사는 미소를 띤 채 원탁에 앉아 그의 설명을
들었다.

가만히 앉아서 진문이 요리하는 것을 구경하는 재미가
꽤 쏠쏠했다. 세 명은 넋이 나간 채 진문의 손놀림을 쳐다
봤다.

진문이 채 썬 버섯을 냄비에 넣었다. 이어서 옆에 놓인 그

릇을 들어 통째로 냄비에 쏟았다. 희멀건 식재료가 탕 속에 풍덩 빠졌다.

바로 순두부였다.

진문은 계속해서 탕에 간장과 소금을 살짝 뿌리고 각종 양념을 넣었다.

잠시 후, 진문이 첫 요리를 완성했다.

"버섯을 곁들인 순두부탕이오."

그가 탕을 원탁에 놓았다. 뜨거운 김이 모락모락 나는 게 먹음직스러웠다.

무명이 말했다.

"문사 먼저 드시오."

"허허, 그러지. 젊은이가 예법을 아는구만."

문사는 사양하지 않고 국자를 들어 냄비에서 탕을 떴다. 무명과 정영도 순두부탕을 각자 그릇에 덜었다.

세 명이 뜨거운 김을 후후 불며 순두부탕을 수저로 떠서 입에 가져갔다.

"맛있소!"

정영이 깜짝 놀라며 말했다.

무명도 그녀의 말에 동감했다. 뜨거운 순두부가 입속에서 금세 사르르 녹아 없어지는 맛이 일품이었다. 은은하게 풍기는 버섯 향기는 두말할 필요도 없었다.

셋은 금세 그릇을 비웠다.

진문이 두 번째 요리를 시작했다.

"다음에 먹을 요리는 소림사식 포자요."

"포자?"

문사가 고개를 갸웃하며 중얼거렸다.

무명과 정영도 진문이 만들 포자가 어떤 것일지 짐작이 안 됐다.

포자(包子)는 중원의 북방 지역 음식으로, 밀가루를 반죽해서 피를 만든 뒤 소나 돼지, 또는 새우 등의 해물을 잘게 다진 소를 넣고 찐 음식이었다.

즉 만두소로 고기가 들어가는 게 포자였다. 그런데 진문이 소림사식 포자를 운운하니, 세 명은 고기 없이 어떻게 포자를 만드는지 궁금했던 것이다.

진문이 도마 위에 감자, 당근, 양파, 죽순, 고추, 부추 등의 야채를 올렸다.

식칼이 야채들을 자르고 토막 냈다.

타타타타!

그는 야채들을 채 썬 뒤 잘게 다졌다. 그런 다음 콩기름을 살짝 두른 솥에 다진 야채들을 쏟았다.

치지지직!

다진 야채들이 솥에서 지글지글 소리를 내며 볶아졌다.

정영이 그걸 보며 말했다.

"아하! 소림사식 포자란 채포자를 말하는 것이었군!"

채포자(菜包子)는 고기나 팥이 아니라 채소를 소로 넣어서 만드는 포자였다.

하지만 정영의 추측은 보기 좋게 빗나갔다.

"그냥 채포자와는 다를 것이오."

진문이 자신만만하게 말했다.

그가 식탁 옆에서 무언가를 집어 들더니 식칼로 뭉텅뭉텅 썰어서 손바닥 위에 얹었다. 그리고 다진 야채를 볶아 만든 소를 넣고 무언가를 감싸서 만두를 빚었다.

"그건 밀가루 반죽이 아닌 것 같은데……."

"바로 맞혔소. 이건 말린 두부포요."

진문이 두부포로 싼 포자를 하나씩 기름 솥에 넣어 튀겼다. 치지지직! 곧 포자들이 노릇노릇 구워졌다.

그가 다 튀긴 포자들을 그릇에 담은 뒤 참깨를 듬뿍 뿌렸다. 그리고 그릇을 원탁에 놓으며 말했다.

"오래 기다렸소. 소림사식 포자 대령이오."

셋은 젓가락으로 포자를 하나씩 집은 다음 입에 넣었다.

"앗! 뜨거워!"

문사는 급하게 포자를 깨물다가 흘러나온 즙에 혀를 데었다. 그는 미리 우려놓은 차를 단숨에 벌컥벌컥 마셔서 입을 식혔다.

무명과 정영은 입이 데지 않도록 조심해서 소림사식 포자를 깨물었다.

바삭!

포자를 한 입 깨물자 두부포가 소리를 내며 입안에서 부서졌다. 이어서 뜨거운 즙이 입속을 가득 채웠다. 볶은 야채 소는 씹을수록 감칠맛이 배어 나왔다.

무명은 자기도 모르게 말을 꺼냈다.

"이건 정말 별미로군."

"소림사 나한당에서 최고로 꼽는 간식이오."

그 말에 정영이 웃음을 터뜨렸다.

"하하하! 이렇게 맛있는 것을 먹으면서 무공은 언제 수련한다는 말이오?"

"나한당의 무승들은 부처가 아니오. 잿밥을 든든히 먹어야 염불도 잘하는 법이오."

진문의 말에 세 명은 웃느라 먹느라 정신을 차리지 못했다.

이후로도 진문은 끊임없이 요리를 만들었다.

죽순을 썰어 넣은 볶음밥, 맵고 달콤한 국물과 맑고 담백한 국물 두 가지에 끓여 먹는 국수, 두부를 네모 조각으로 썰어 튀겨서 두반장 양념을 끼얹은 마파두부, 찹쌀가루를 동그랗게 빚어 기름에 튀겨낸 경단 등등.

그동안 무명은 가져온 술을 따르고 찻잎을 우렸다.

세 명은 진문의 요리를 먹으며 술을 마셨다.

소행자가 가져다준 술은 쓰고 독하면서도 입에 짝 달라붙었다. 차 또한 쌉쌀하면서도 입안에 한참 향이 감돌 만큼 깊은 풍미가 있었다.

문사가 말했다.

"좋은 술과 차가 함께하니 무릉도원이 따로 없네."

정영이 한마디 덧붙였다.

"소림사 주방장이 손수 만드는 별미도 있소."

"아무렴!"

일행은 독주에 취기가 오른 얼굴로 만찬을 즐겼다.

곧 진문도 요리를 모두 끝냈는지 원탁에 합류했다. 무명, 정영, 문사는 술잔을, 진문은 찻잔을 들었다.

진문이 찻잔을 높이 들며 말했다.

"모두 건배합시다. 한 방울도 남겨서는 안 되오."

건배는 마를 건(乾) 자에 잔 배(杯) 자를 쓴다. 즉 진문은 잔을 깨끗이 비우자는 말을 한 것이었다.

정영이 웃으며 말했다.

"우리는 독주인데 진문은 찻물이니 불공평하오."

"알 게 뭐요? 그냥 다 비우시오. 문사 나리, 뭐 건배할 말이라도 없소? 나 먼저 하지. 무림맹을 위하여!"

문사가 취기 어린 목소리로 소리쳤다.

"나는 중원에서 태어난 몸이니 황상을 위해 건배하겠다!"

정영은 아직 소식이 없는 잠행조를 입에 담았다.

"나는 창천칠조의 무사귀환을 위해 건배하겠소."

건배를 마친 셋이 무명을 쳐다봤다.

무명은 딱히 무슨 말을 해야 할지 몰랐다. 그러다가 셋이 독촉의 눈길을 보내자 자기도 모르게 외쳤다.

"이강의 복운을 위해 건배하겠소."

"이강? 왜 하필 이강이오?"

정영이 캐묻자 무명은 어깨를 으쓱하며 대답했다.

"기억을 잃고 처음 눈 떴을 때 본 자라서 한 말이오."

"선인이면 어떻고 악인이면 어떠한가? 모두 황상의 밑에 있는 신하 된 몸이 아닌가!"

문사의 말은 지나치게 관리다워서 강호인의 마음에 썩 들지 않았다.

하지만 그들은 이미 취기가 오를 대로 올라 있어서 한바탕 웃음을 터뜨렸다. 그리고 각자 잔을 들어서 한 모금에 들이켰다.

"다들 술기운이 오르는 것 같으니 안주를 가져오겠소."

"요리가 또 있소?"

"오늘의 마지막 요리요."

셋은 기대에 찬 눈으로 요리를 기다렸다.

그런데 진문이 가져온 요리는 지금까지와 달리 보잘것없는 것이었다. 넓은 쟁반에 바짝 말린 누룽지들이 놓여 있었던 것이다.

정영이 슬쩍 농담을 건넸다.

"딱딱한 누룽지를 씹으며 술을 깨라는 뜻이오?"

"색즉시공 공즉시색. 세상 만물은 겉보기와 다른 법."

진문이 팔을 돌려서 등 뒤에 숨겼던 큰 그릇을 내밀었다. 그릇에는 갖은 야채를 볶은 다음 전분을 풀어 만든 양념이 가득 담겨 있었다.

그가 양념을 그릇째 쟁반에 쏟았다.

뜨거운 양념이 묻자 마른 누룽지의 밥알이 터지며 굉음이 났다.

파파파파팡!

"하하하! 마치 정월의 폭죽 소리 같소!"

다들 정영의 말에 고개를 끄덕이며 웃었다.

"건배!"

네 명은 다시 한번 술잔과 찻잔을 들었다.

그때였다.

무명이 문득 고개를 갸웃거리며 말했다.

"진문, 혹시 점소이에게 심부름을 시킨 일이 있소?"

"아니오. 오늘은 주방을 통째로 빌리고 아무도 방해하지 말라고 했소."

진문이 만면에 미소를 띤 채 대답했다.

그런데 무명의 표정이 이상했다. 붉게 취기가 어려 있던 그의 얼굴이 어느새 싸늘하게 식어 있었다.

"소리가 들리지 않소?"

문사가 끼어들며 말했다.

"무슨 소리 말인가? 누룽지 터지는 폭죽 소리?"

"아니오. 누군가가 일부러 소리를 죽이며 걷고 있소."

무명이 단호하게 고개를 저었다.

"이건 자객들이 접근하는 발소리요."

무명의 목소리가 얼음처럼 냉랭했다.

"자객들이 주방으로 접근하고 있소."

진문과 정영의 표정이 대번에 딱딱하게 굳었다. 흥겨운 분위기와 누룽지 터지는 소리 때문에 둘은 발소리가 자객의 것이라는 사실을 미처 눈치채지 못했던 것이다.

문사가 물었다.

"자객? 초대장을 보내지 않은 불청객이라도 왔는가?"

셋은 문사의 말을 무시했다. 자객이 코앞에 들이닥친 지금 미친 문사와 말을 섞을 여유는 없었다.

정영이 진문에게 말했다.

"모두 몇 명인 것 같소?"

"발소리만 들으면 두 명이군."

"그럼 정면으로 오는 자들 말고 옆이나 뒤로 급습하는 자들까지 포함하면……."

"적어도 대여섯 명 이상이라고 봐야겠지."

술을 마시지 않은 진문은 일단 정신을 차리자 발소리만 듣고 자객의 수를 헤아렸다.

"그 정도라면 우리 둘이서 맞서도 되오. 하지만……."

정영이 말을 멈추며 머뭇거렸다.

무명은 그녀가 뭘 걱정하는지 알 수 있었다. 바로 무명과 문사의 안위였다.

진문과 정영이라면 한 명당 자객 세 명쯤은 충분히 상대할 수 있으리라.

하지만 무명과 문사가 있다면 문제는 달랐다. 둘이 방해가 되는 것은 물론, 자객에게 인질로 잡히는 최악의 경우가 벌어질 수 있었다.

진문과 정영이 좋은 방법을 찾지 못하고 있을 때, 무명이 말했다.

"발소리 말고 이상한 소리가 들리지 않소?"

"식차를 끌고 오는 모양이군."

대명각처럼 큰 객잔은 점소이가 식차(食車)를 끌고 다니며 객실에 술과 음식을 배달했다.

정영이 물었다.

"자객들이 왜 식차를 끌고 오는 거지?"

"이유는 하나요. 정체를 숨긴 채 급습하려는 것이오."

"허튼수작! 점소이든 자객이든 주방에 들어오기만 해봐라. 당장 요절을……."

정영이 주방 문으로 다가갔다. 그런데 무명이 손을 저으며 그녀를 말렸다.

"잠깐 기다리시오. 좋은 방법이 있소."

"무엇이오?"

"자객들이 정체를 숨기고 있다면 우리도 그대로 되돌려 줍시다."

무명이 눈빛을 반짝 빛내며 말했다.

"상대의 수법으로 상대를 속이는 것이오."

덜컹덜컹…….

점소이 두 명이 커다란 식차를 밀고 복도를 걸어오고 있었다.

둘은 점소이로 가장한 자객들이었다.

식차 바퀴 구르는 소리가 복도에 울려 퍼졌기 때문에 군이 발소리를 죽일 필요가 없었다. 하지만 평생 자객으로 살아온 둘은 평소에도 발소리를 죽인 채 걷는 습관이 몸에 배어 있었다.

점소이 둘이 식차에서 슬그머니 무기를 꺼냈다.

짐승의 이빨처럼 검날에 톱날이 나 있는 거치도(鋸齒劍)였다.

거치도에 한번 베이면 살점이 깊이 파여서 상처가 잘 낫지 않고 아무는 데 오랜 시간이 걸린다. 명문정파에서는 스치기만 해도 큰 부상을 입히는 거치도를 손속이 잔인한 검병이라 하여 금지했다.

하지만 자객들이 그런 걸 따질 리 없었다.

강호의 뒷골목에서는 상대에게 인정을 두는 순간 자신의 목이 떨어지니까.

　주방 문이 코앞으로 다가왔다.

　점소이 두 명이 거치도를 식차에서 꺼낸 뒤 문을 열려고 했다.

　그때였다.

　갑자기 주방 문이 벌컥 열리며 누군가가 뛰어나왔다.

　"의원! 의원 없는가?"

　주방에서 뛰쳐나온 자는 보통 어른보다 머리 하나가 더 크며 체구가 우람한 거한이었다. 거한은 대머리에 흰 수건을 두르고 몸에는 흰옷을 걸치고 있었다.

　점소이 둘이 슬쩍 시선을 교환하며 생각했다.

　'대명각의 숙수인가?'

　그런데 숙수는 혼자가 아니었다. 그는 두 팔에 한 여인을 안고 있었다.

　숙수가 점소이들을 보더니 소리쳤다.

　"거기 빨리 의원을 불러라!"

　점소이 둘은 어찌할 줄 모르고 당황하며 머뭇거렸다. 그들은 거치도를 식차 속으로 다시 밀어넣었다.

　"무엇 하냐? 서두르지 않고!"

　숙수가 품에 안은 여인을 점소이들에게 보이면서 말했다.

　"여기 입술을 봐라! 독에 당했으니 빨리 서두르지 않으면

이 여인은 죽는다!"

"……."

점소이 둘은 고개를 내밀어 여인을 봤다.

점 하나, 주름 한 줄 없는 청수한 얼굴의 여인이 두 눈을 꼭 감은 채 혼절해 있었다.

숙수의 말이 맞았다. 여인의 입술이 푸르스름하게 변색되어 있었는데, 그것은 무엇인가에 중독되었을 때 나타나는 현상이었다.

점소이 둘이 슬쩍 시선을 교환했다.

눈앞의 여인은 자객들의 목표물인 것 같았다. 하지만 자신들은 손도 쓰지 않았는데 여인이 중독되어 있으니, 어떻게 해야 할지 갈피를 못 잡았던 것이다.

그때 혼절한 여인의 입술이 살짝 열렸다.

"손님이 중독되어서 사경을 헤매는데 구경만 하고 있다니, 점소이로 불합격이군."

"……?"

점소이들이 무슨 일이 벌어진 건지 몰라서 멍하니 있을 때, 숙수가 점소이들을 향해 여인을 휙 던졌다.

탁! 숙수가 던진 여인, 정영이 공중에서 빙글 몸을 돌리며 식차 위에 섰다.

그제야 점소이들은 깜짝 놀라며 식차에서 거치도를 꺼냈다. 하지만 둘을 향해 이미 척사검이 날아가고 있었다.

쉭쉭! 푹푹!

정영이 단 두 번 척사검을 찔러서 점소이 둘의 오른 어깨를 관통했다.

"크악!"

불로 달군 꼬챙이로 어깨를 후벼 파는 듯한 고통.

점소이 둘은 막 꺼내 들던 거치도를 놓치며 비명을 질렀다.

순간 복도 좌우의 창문이 부서지면서 자객들이 급습했다.

와장창창!

양옆에서 두 명씩, 도합 네 명이 정영에게 달려들었다.

그러나 자객들은 눈앞의 목표만 신경 쓰는 실수를 저질렀다.

숙수가 대머리에 둘렀던 수건을 잡아채며 자객들에게 달려들었다. 정중앙에 계인이 찍힌 이마, 소림 나한승 진문이었다.

진문이 한쪽 발을 내디뎌 강렬하게 바닥을 밟으며 쌍권을 내질렀다.

"하아압!"

퍼펑!

진문의 쌍권이 자객 두 명의 가슴과 배에 정통으로 꽂혔다. 두 자객은 비명도 지르지 못한 채 반대편의 벽으로 붕 날아갔다. 그리고 벽에 부딪쳐서 바닥에 나뒹굴며 혼절했다.

막 창문을 부수고 들어온 자객 두 명은 어안이 벙벙해서 서로를 쳐다봤다.

두 명은 점소이로 가장해서 목표를 방심하게 하고 네 명이 포위해서 급습하는 전법. 그들의 합공에 목을 잃은 강호인만 해도 지금까지 수십이 넘었다.

그런데 눈앞의 두 남녀는 속기는커녕 단숨에 일행 네 명을 쓰러뜨린 것이다.

자객 둘은 침을 꿀꺽 삼키며 생각했다.

'무언가 잘못됐다!'

둘은 암살을 청부한 자가 약속한 금액이 이상하게 많았던 이유를 깨달았다.

그보다 몇 배는 큰 보수를 받아야 됐다.

아니, 이제 돈 따위는 필요 없었다. 목숨이 더 중요했으니까…….

정영이 식차 위에 두 발을 딛고 선 채로 물었다.

"묻겠다. 네놈들은 누구냐?"

"……."

자객들은 굳게 입을 다물었다.

정영과 진문도 그들이 순순히 실토하리라고 생각하지 않았다. 강호의 삼류 자객이라 해도 청부인은 절대 밝히지 않는다. 청부인을 발설했다가는 신뢰를 잃기 때문이었다.

진문이 바닥에 떨어져 있는 거치도를 가리켰다.

"거치도요. 우리를 살려두겠다는 생각이 없었소. 게다가 날이 푸르스름한 걸 보니, 독까지 묻어 있을지도 모르겠군."

"대체 왜 이렇게까지?"

정영이 척사검을 둘에게 겨누었다.

그런데 자객 둘의 표정이 이상했다. 둘이 복면 밑으로 드러난 입꼬리를 말아 올리며 씨익 미소를 짓는 것이 아닌가?

순간 진문이 외쳤다.

"피하시오!"

툭! 박살 난 창문 밖에서 무언가가 날아와 식차 옆에 떨어졌다.

정영은 고개를 내려 물건을 봤다.

치지지직… 심지가 불타고 있는 그것은 벽력탄과 흡사하게 생긴 폭뢰였다.

만약 그녀가 자객들이 어떻게 사천당문의 폭뢰를 손에 넣었는지 궁금해서 멈칫거렸다면 그 자리에서 목숨을 잃었으리라.

그러나 평생 수련한 무공은 주인을 배신하지 않았다.

머릿속은 복잡했지만 정영의 몸은 반사적으로 움직였다. 그녀가 식차를 발로 차며 뒤를 향해 몸을 날렸다.

엄청난 굉음이 복도에 울려 퍼졌다.

콰콰콰쾅!

꽹음이 대명각을 뒤흔들고 있을 때였다.

한편, 점소이 두 명은 객잔 복도를 걷고 있었다.

두 점소이는 고개를 숙인 채 발 빠르게 복도를 걸었다. 그러다가 어떤 방에 도착하자 걸음을 멈췄다.

바로 정영이 묵고 있는 방이었다.

점소이들은 조심스럽게 문을 열었다. 아무 인기척이 없는 것을 확인하자 그들은 재빨리 방에 들어가서 문을 닫았다.

그제야 점소이들은 안도의 한숨을 쉬며 고개를 들었다.

"술과 음식이 산더미처럼 남았는데 방에 돌아오다니 아쉽군."

"살아서 도망친 걸 다행으로 여기시오."

점소이가 겹쳐 입었던 옷을 벗어 던지며 대답했다.

두 점소이의 정체는 무명과 문사였다.

자객들이 들이닥쳤을 때 무명과 문사는 주방에 있던 점소이 복장을 겹쳐 입은 뒤 뒷문으로 몰래 빠져나갔던 것이다.

점소이로 변장하는 것은 물론 무명의 계책이었다.

주방을 나온 무명과 문사는 점소이로 가장한 채 복도를 걸었다. 중간에 손님과 다른 점소이와 마주쳤지만, 갑자기 울려 퍼진 꽹음에 정신이 팔려서 아무도 둘의 정체를 의심하지 않았다.

어디엔가 숨어 있을 자객이 둘을 발견했을 가능성도 있었다.

하지만 무명은 도박을 선택했다. 자객들은 진문과 정영에게 맡기고 둘은 방으로 도망친다는 작전이었다.

'우리 둘이 없어야 진문과 정영이 마음 놓고 자객들을 상대할 수 있다.'

그것이 무명의 생각이었다.

무명은 재빨리 방을 둘러봤다.

방은 아무 이상이 없어 보였다. 만약 자객이 숨어 있다면 지금쯤 모습을 드러냈어야 했다. 하지만 인기척은 물론 아무도 들어온 흔적이 없었다.

단지 방에서 분 냄새가 조금도 나지 않는 것이 흥미로웠다.

게다가 거울에는 먼지가 살짝 앉아 있었다. 방의 주인이 거울을 자주 들여다보지 않는다는 뜻이었다.

여인이 묵는 곳과는 거리가 멀어 보이는 방이었다.

평소에도 얼굴에 화장기가 전혀 없는 정영. 그녀는 여인의 일에는 그다지 관심이 없는 것 같았다.

무명은 무심코 청수한 정영의 얼굴을 떠올리다가 쓴웃음을 지었다.

'내가 지금 무슨 생각을 하고 있는 거지?'

무명이 고개를 흔들면서 잡생각을 지울 때였다.

쾅쾅쾅!

누군가가 방문을 세게 두들겼다.

"안에 아무도 없으시오? 누구 있으면 문을 여시오!"

문사가 겁에 질린 얼굴로 속삭였다.

"절대 열지 말게! 문을 열었다가는 우리는 죽은 목숨일세!"

술과 음식을 아까워하더니 금세 상황을 깨달은 것 같은 모습. 문사의 정신은 너무 오락가락해서 종잡을 수가 없었다.

무명이 고개를 저으며 말했다.

"자객이 일부러 소리칠 리 없소. 지금 문을 열지 않으면 오히려 의심만 사게 될 뿐이오."

무명은 앞으로 걸어 나가 방문을 열었다.

문 밖에는 두 명의 무사가 검날의 폭이 넓고 둥글게 휘어진 언월도(偃月刀)를 들고 서 있었다.

무명은 두 무사의 정체를 알 수 있었다.

'대명각이 고용한 도검수군.'

대명각처럼 큰 객잔은 갑작스러운 사태에 대비해서 무사를 고용한다. 소속된 문파 없이 검을 써서 먹고사는 무사들을 강호에서는 도검수(刀劍手)라고 불렀다.

굉음이 터지자 대명각에서는 즉시 도검수들을 풀어서 자객이나 혹도 무리를 상대하도록 조치한 것이리라.

도검수 하나가 물었다.

"이 방에 묵는 손님이오?"

"그건 아니오. 하지만 방의 주인과 아는 사이요."

"흐음……."

도검수들은 무명의 대답을 쉽게 믿을 수 없는지 서로 얼굴을 쳐다봤다.

"방을 살펴봐도 좋소?"

"물론이오."

무명이 선선히 뒤로 물러났다.

하지만 도검수들은 여전히 딱딱한 표정을 한 채 방으로 들어왔다.

문사가 겁먹은 목소리로 속삭였다.

"강호의 잡배들을 방에 들이면 어쩌자는 겐가?"

"걱정 마시오. 이들은 대명각이 고용한 무사요."

"저들 관상이 지나치게 흉흉한 게 분명 딴 속셈이 있어 보이네!"

무명은 한숨을 쉬며 문사를 무시했다.

그때였다. 무명의 눈에 무언가 이상한 광경이 들어왔다.

무명은 슬쩍 문사를 끌고 문으로 다가갔다.

그리고 방을 나서며 도검수들에게 말했다.

"마음대로 살펴도 좋소. 우리는 방 주인과 만나고 오겠소."

"아니, 방 주인과는 여기서 만나기로 했지 않은가……."

문사가 말을 꺼내자 무명이 다급히 입을 틀어막았다.

하지만 이미 때는 늦어 있었다.

"소문대로 눈썰미가 뛰어나군."

척!

도검수들이 무명의 목에 언월도를 겨누었다.

2장.

정체불명의 이인(二人)

말의 목도 단번에 베어버린다는 언월도가 무명의 목에 걸쳐졌다.

척!

객잔이 고용한 도검수가 손님에게 무작정 칼을 들이댈 리 없다.

즉 눈앞의 두 명은 대명각의 도검수가 아니었다.

하지만 더 큰 이유가 있었다.

언월도는 검날의 폭이 넓고 무게는 보통 검의 몇 배는 더 나가는 검병이다.

도검수는 그 언월도를 바닥에 늘어뜨리고 있다가 순식간에 들어 무명의 목을 겨눈 것이었다.

눈앞의 인물이 강호의 평범한 도검수가 아니라 일류를 넘는 고수라는 증거였다.

도검수 둘이 한마디씩 말했다.

"하하, 소문대로 눈썰미 하나는 끝내주는군."

"이봐, 우리가 도검수가 아니라는 걸 어떻게 알았냐?"

둘의 목소리는 남의 목에 검을 겨누고 있는 사람으로 여겨지지 않을 만큼 쾌활했다.

무명은 바싹 긴장하며 생각했다.

'이런 자들이야말로 눈 한 번 깜박이지 않고 사람 목을 벨 족속이다.'

무명은 짐짓 태연자약한 얼굴을 했다. 상대에게 겁을 먹은 기척을 들키면 안 되었다. 약자에게는 더욱 손속이 잔인해질 자들이었다.

"당신들이 대명각의 도검수가 아니라는 증거는 두 가지요."

"두 가지나 된다고?"

"그게 뭔데?"

도검수 둘은 마치 쌍둥이처럼 서로 주고받듯이 말하는 버릇이 있었다.

무명이 도검수들의 하체 쪽을 가리키며 말했다.

"웃옷이 불룩 나와 있소. 속에 검을 차고 있다는 뜻이지."

"엥? 정말이군."

"이걸 한눈에 알아차렸단 말야? 대단한데?"

"이미 언월도를 들었는데 허리에 찬 검을 숨기려 했다면 이유는 하나요. 대명각의 도검수를 가장하고 있다는 소리요."

"그건 알았으니 됐어."

"그래. 다른 이유는 뭐냐?"

"여기 있는 문사가 실마리를 주었소."

무명이 슬쩍 문사에게 눈길을 주며 대답했다.

"문사는 당신들의 관상이 지나치게 흉흉하다고 했소. 처음 들었을 때는 무시했지만, 다시 보니 그 말이 일리가 있었소."

"말도 안 되는 소리!"

"맞아! 관상을 보고 사람의 정체를 알아차린다고? 그것은 말코도사도 하지 않을 헛소리다!"

도검수들이 빈정대며 말했다.

그때 무명이 검지를 들어 그들의 얼굴을 가리켰다. 그리고 싸늘한 목소리로 물었다.

"그럼 목소리는 연신 남을 비웃으면서 얼굴은 웃음기 하나 없이 딱딱한 이유가 무엇이오?"

"……"

"대답을 못 하시는군. 내가 말해볼까? 당신들은 지금 인피면구를 쓰고 있소. 때문에 미소를 짓더라도 표정이 일그러지며 괴이하게 보이는 것이오. 그것이 당신들이 도검수가 아니라는 두 번째 증거요."

수다스럽게 떠들던 도검수 두 명이 입을 다문 채 침묵했다.

무명의 말이 정곡을 찔렀던 것이다.

죽은 사람의 얼굴 가죽으로 만든 가면, 인피면구(人皮面具).

인피면구를 쓰면 이목구비가 크게 달라져서 아무도 원래 얼굴을 알아볼 수 없게 된다. 때문에 신분을 밝히기를 꺼리는 고수나 세작이 애용하고는 했다.

무명도 인피면구를 지니고 있었다. 황가전장에서 찾은 혁낭에 정체 모를 인피면구 한 장이 들어 있었으니까.

그런데 인피면구에는 큰 단점이 하나 있었다.

인피면구를 쓰면 얼굴이 지나치게 굳어 보이거나 무표정해 보인다는 것이었다.

애초에 죽은 사람의 얼굴로 만든 것이니 당연한 일이었다. 인피면구를 쓴 채로는 표정을 짓기도 힘들뿐더러, 억지로 웃으면 얼굴이 괴이하게 일그러져서 오히려 흉흉하게 보였다.

무명이 차갑게 웃으며 말했다.

"인피면구를 쓰고 얼굴을 숨긴 이유는 묻지 않겠소. 대답해 줄 리도 없겠지. 어쨌든 그것이 당신들이 대명각의 도검수가 아니라는 두 번째 증거요."

그리고는 한마디 덧붙였다.

"싸구려 인피면구를 써서 얼굴이 불편하지 않소? 자객도 못 할 노릇이군."

"후후후, 네놈 걱정이나 하시지."

"악인 놈의 얼굴로 만들었더니 표정 관리가 잘 안 되는 게 문제더군."

이제 눈앞의 사실은 분명해졌다.

대명각을 급습한 무리는 평범한 세력이 아니었다.

두 명의 일류 고수가 정체를 숨긴 채 무림맹을 노리고 있는 것이었다.

'그 이유는 단 하나다.'

무명은 생각했다.

'무림맹의 잠행조가 망자비서를 구해서 지하 도시를 탈출했다는 소문이 이미 강호에 파다하게 퍼졌군.'

무명은 문득 한 가지 계책이 떠올랐다.

그가 품속에 손을 넣으며 말했다.

"당신들에게 줄 물건이 있소."

"물건이라고?"

"뭔데? 선물이냐?"

도검수들은 무명이 품속에서 무언가를 꺼내는데도 여전히 수다를 지껄였다. 게다가 무명이 손을 움직일 수 있도록 언월도를 옆으로 치우기까지 했다.

무명은 그 사실이 오히려 기분 나빴다.

상대가 암기를 꺼낼 수도 있는데 아무렇지도 않다는 얼굴. 즉 눈앞의 도검수들은 무명쯤은 마음만 먹으면 언제든 목을 벨 수 있다고 생각하는 것이리라.

"바로 이것이오."

무명이 꺼내 든 것은 무림패였다.

"……"

도검수들의 얼굴은 인피면구를 써서 그런지 아무 표정도 없이 딱딱했다.

하지만 무명은 인피면구 속으로 보이는 그들의 눈빛이 살짝 흔들리는 것을 놓치지 않았다.

곧 도검수들이 입을 열었다.

"그건 말로만 듣던 무림패가 아닌가?"

"그런데 이걸 어쩌지? 우리는 무림맹에게 꼬리를 흔드는 개가 아닌데?"

아니나 다를까, 도검수들은 무림패를 보고도 조롱을 하며 조금도 기세가 줄지 않았다.

무명은 그들의 반응을 이미 짐작하고 있었다.

"틀렸소. 당신들에게 줄 것은 무림패가 아니라 이것이오."

획!

무명이 도검수들에게 무언가를 집어 던졌다. 실은 무림패 뒤에 다른 물건을 겹쳐서 쥐고 있었던 것이다.

물건이 얼굴을 향해 날아오자 도검수가 언월도를 뻗어서 막았다.

그런데 그는 언월도로 물건을 치거나 튕겨내지 않았다. 물건이 검날에 닿는 순간 언월도를 비스듬히 돌리며 물건을 받아냈던 것이다.

탱그르르……

물건은 도검수가 좌우로 흔드는 검날 위에서 마치 팽이처럼 빙글 돌았다. 그리고 도검수가 검날을 멈추자 팽이처럼 돌던 물건이 그 위에 오뚝 서는 것이었다.

무명은 그 모습을 보고 경악했다.

'이자들은 내가 절대 감당할 수 없는 고수다.'

도검수가 피식 웃으며 중얼거렸다.

"이게 뭐야? 양념 병 아냐?"

"난 또 뭐라고. 연막탄이라도 던진 줄 알았네."

실은 무명이 주방에서 빠져나올 때 양념이 든 작은 병을 슬쩍 챙겼던 것이었다.

그는 굉음을 듣는 순간 벽력당의 폭뢰라는 것을 알아차렸다. 그렇다면 역으로 양념 병을 던져서 자객들이 폭뢰나 연막탄으로 혼동하도록 심계를 꾸몄던 것이다.

하지만 두 명의 고수 앞에서 무명의 심계는 하찮은 잔재주에 불과했다.

도검수가 말했다.

"이게 그 대단하다던 서생의 심계라고?"

"실망이군. 어린애 장난 아냐?"

"……"

무명은 입을 다물고 침묵했다.

그때였다.

"거기 누구냐?"

무명과 문사의 뒤에 있는 계단으로 환도를 든 무사들이 나타났다. 그들은 대명각이 고용한 진짜 도검수였다.

문사가 다급히 말했다.

"저기 살수가 있네! 빨리 저자들을 처치하게!"

"뭐라고?"

무사들이 고개를 돌려 복도에 있는 두 도검수를 쳐다봤다.

그중에서 수장으로 보이는 자가 말했다.

"암호를 대라! 밤에 우는 뻐꾸기!"

하지만 도검수들은 어깨를 으쓱거리며 비웃었다.

"밤에 우는 뻐꾸기? 뭔 소리래?"

"낮에 웃는 참새라고 대답해 줄까? 크크크!"

무사들의 수장이 외쳤다.

"놈들을 잡아라! 죽여도 좋다!"

무사들이 환도를 들고 달려들었다.

그러나 그들은 강호의 고수를 몰라본 대가를 톡톡히 치렀다.

두 도검수가 언월도를 바닥에 끌며 몸을 날렸다. 그리고 무사들을 향해 사정없이 휘둘렀다.

부우우웅!

언월도가 허공에 크게 반원을 그리자 무사들의 목과 팔이 일검에 날아갔다.

"으아아악!"

줄지에 두 팔이 날아간 무사가 비명을 질렀다. 다른 자들은 비명조차 지르지 못한 채 절명해서 쓰러졌다.

"이런, 너무 손속에 인정이 없는 건가?"

"걱정 마. 죽여도 좋다고 한 건 저놈들이잖아?"

부웅, 부웅, 부웅!

도검수들이 몇 번 언월도를 휘두르자 순식간에 무사 대여섯 명이 쓰러져서 불귀의 객이 되어버렸다. 둘은 겁을 먹고 도망치려는 무사의 등에까지 언월도를 휘둘렀다.

곧 무사 여덟 명이 모두 쓰러졌다.

도검수 두 명이 대명각의 무사 여덟 명을 도륙하는 데는 불과 차 한 모금 삼킬 시간밖에 걸리지 않았다.

도검수들이 감당하지 못할 고수라고 생각한 무명의 판단은 정확했던 것이다.

복도는 무사들의 목과 사지가 널브러져서 피투성이 지옥이 되어 있었다.

"히이이익!"

문사가 기겁을 하고 신음했다.

"거참 시끄럽네. 그나저나 이제 어떡하지?"

"일단 두 놈 모두 팔 하나씩 떨어뜨리고 생각하자."

그 말에 무명은 깜짝 놀라서 문사를 끌고 계단으로 몸을 날리려 했다.

하지만 도검수들의 무공은 무명의 상상을 벗어나 있었다. 어느새 언월도 하나가 파공음을 내며 무명을 향해 날아들고 있었던 것이다.

부우우웅!

무명은 꼼짝 못 하고 그 자리에 얼어붙고 말았다.

"……!"

그런데 언월도가 무명의 어깨에 박히려는 찰나, 갑자기 무언가가 무명의 뒤통수에서 뻗어 나와 언월도를 강하게 후려쳤다.

차앙!

언월도를 쳐낸 것은 쇠를 녹여서 심을 박은 단봉이었다.

무명을 구한 것은 바로 진문이었다.

"늦어서 미안하오."

"…명문정파인이라면 시간을 엄수하시오."

무명은 진문의 말에 농담으로 대꾸했다. 그러나 간신히 위기를 벗어난 터라 목소리가 떨리는 것을 숨길 수 없었다.

진문과 함께 온 정영이 물었다.

"괜찮소?"

"저자들이 진짜요."

무명이 복도에 있는 두 도검수를 가리키며 대답했다.

무명과 문사가 무사한 것을 보고 안도하던 진문과 정영의 눈빛이 싸늘해졌다.

그들 역시 주방을 급습한 무리가 단지 고용된 자들이라는 것을 눈치채고 있었다. 그리고 지금 배후에 있는 도검수들을 보자 분노가 치솟아 올랐던 것이다.

정영이 외쳤다.

"네놈들은 누구인데 감히 무림맹을 농락하려 드는 것이냐!"

그 말을 듣고 무명은 쓴웃음을 지었다.

도검수들이 무림맹의 잠행조를 노리고 급습한 것은 틀림없었다.

하지만 잠행조가 대명각에 숨어 있는 것은 어디까지나 비밀이 아닌가? 때문에 스스로 비밀을 말한 정영이 순수하면서도 어이없게 느껴졌던 것이다.

도검수들이 웃음을 흘리며 말했다.

"허허, 이거야 원. 뭐라고 말을 해야 되지?"

"돈 주고 자객까지 부른 마당에 우리가 누구인지 자기 입으로 밝히라고?"

정영이 눈매를 치켜뜨며 말했다.

"좋다! 그럼 검으로 입을 열게 해주지!"

탓!

정영이 발을 차며 몸을 날렸다.

단 한 번 도약했을 뿐인데 그녀의 신형이 순식간에 도검수들의 코앞으로 날아들었다.

순간, 도검수들이 몸을 빙글 돌리며 좌우로 흩어졌다.

그들은 벽을 세 번 차면서 위로 뛰어올랐다.

휘릭!

그 바람에 정영의 척사검은 목표를 잃은 채 허공을 찌르고 말았다.

도검수들은 계속해서 복도 천장을 차면서 한 바퀴를 빙 돌았다. 그리고 바닥에 두 발로 사뿐히 착지했다. 탁!

둘의 경신법을 지켜보던 무명은 침을 꿀꺽 삼켰다.

두 도검수는 정영의 전광석화 같은 사일검법을 코앞에서 피해 버렸다. 그런데 그것도 모자라 공중에서 내려오는 도중에 허리춤에 찬 검까지 뽑아 들고 있는 게 아닌가?

진문이 무명과 문사에게 손을 밀며 말했다.

"물러나 있으시오."

그리고 등에 꽂은 단봉을 꺼내서 손에 들고 있는 것과 합체했다.

철컥!

두 개의 단봉은 일 장이 넘는 장봉으로 탈바꿈했다.

진문도 두 도검수가 만만한 상대가 아니라는 사실을 깨달은 것이었다.

"단봉 두 개가 장봉이 된다고? 그것참 재미있는 장난감이군!"

"내가 가져다가 중간에 대나무 발판을 붙여서 죽마를 만들어주마!"

상대의 애병을 빼앗은 뒤 어린아이들의 노리개인 죽마(竹馬)로 만들겠다는 뜻. 도검수의 말은 소림 나한승 진문을 완전히 업신여기는 것이었다.

진문이 양미간을 구기며 씨익 미소를 지었다.

"오냐. 어디 할 수 있으면 한번 해봐라."

무명은 그가 적을 맞아 가소롭다는 듯이 웃는 표정을 처음 보았다.

"하아압!"

진문이 도검수들을 향해 달려들었다. 그와 동시에 정영도 척사검을 들고 몸을 날렸다.

소림사와 점창파 대 정체 모를 두 고수의 일전이 시작되었다.

"하아압!"

진문이 도검수에게 일 장이 넘는 장봉을 내질렀다.

슈슈슈슉!

그가 단 한 번 양팔을 뻗었을 뿐인데 장봉은 네 차례나 도검수의 급소를 노렸다.

처음 두 번 공격은 도검수 하나가 검을 놀려 가볍게 막아냈다.

채챙!

하지만 다음 두 번의 공격에 그는 무방비로 노출되었다.

진문의 장봉이 도검수의 태양혈과 기문혈로 날아들었다.

관자놀이에 있는 태양혈(太陽穴)과 갈비뼈 중간에 위치한 기문혈(期門穴)은 각각 인체의 급소였다. 공격을 당할 시 혼절하는 것은 물론, 잘못 맞을 경우 죽음에 이를 수 있었다.

엄청난 거구와는 어울리지 않게 항상 온화한 표정을 짓고 있는 진문.

하지만 그는 적을 상대해서는 어설프게 사정을 봐주지 않았다.

그 적이 강호의 고수라면 더더욱.

진문의 장봉이 도검수의 태양혈과 기문혈을 박살 내려 했다.

그런데, 도검수의 등 뒤에서 검이 불쑥 빠져나오며 장봉을 튕겨내는 것이 아닌가?

채챙!

장봉을 튕겨낸 것은 또 한 명의 다른 도검수였다.

그는 동료의 뒤에 서 있다가 검을 놀려서 위기를 막아낸 것이었다. 복도 멀리에 있는 무명은 도검수의 팔이 순간적으로 네 개로 늘어난 것처럼 보이기까지 했다.

진문과 도검수 둘이 한차례의 공방을 주고받았을 때, 정영이 빈틈을 포착했다.

탓! 정영의 신형이 쏜살처럼 앞으로 튀어 나갔다.

하지만 회심의 공격은 무위로 돌아갔다.

챙! 척사검과 도검수의 검이 부딪쳐서 불꽃을 튀겼다.

정영은 동료를 돕다가 빈틈을 노출한 도검수에게 일검을 출수했다. 그런데 이번에는 진문에게 당할 뻔한 도검수가 몸을 돌려 정영의 검을 막은 것이었다.

정영은 급히 뒤로 몸을 빼며 세 걸음을 물러섰다.

도검수들이 말했다.

"왜 그래? 한번 검을 출수했으면 끝장을 봐야지?"

"점창파의 수법은 원래 저래. 한 번 찌르고 후퇴하고, 한 번 찌르고 도망치고. 비겁하기 짝이 없지, 크하하하!"

둘의 목소리에 여유가 묻어 나왔다.

반면 진문과 정영은 굳은 얼굴로 침음하고 있었다.

먼저 정영이 일검을 날리며 도검수들의 뒤로 돌아갔기 때문에, 지금 진문과 정영은 복도 양쪽에서 둘을 포위하고 있는 상태였다.

강호의 고수는 적에게 포위되는 것을 금기시했다.

삼류 무사들을 상대할 때는 문제가 안 된다. 하지만 같은 실력의 적에게 포위된다는 것은 패배를 의미했다. 눈앞의 적과 맞서면서 보이지 않는 사각으로 날아드는 공격까지 막는 것은 불가능했기 때문이다.

그런데 두 도검수는 불리한 상황을 정반대로 이용하고 있었다.

서로가 동료의 수비를 책임진다는 역발상의 전술.

둘이 한 몸처럼 움직인다는 자신감 없이는 절대 불가능한 수법이었다.

"왜 멍청히 있지? 벌써 끝났냐?"

"그럼 이번에는 우리 차례군!"

도검수 둘이 앞뒤로 선 채 진문을 향해 달려들었다.

스스스!

도검수의 검이 진문에게 날아왔다.

진문의 눈빛이 날카로워졌다. 검이 그리는 궤적이 이상했던 것이다.

검은 허공에 크게 반원을 그렸는데, 언뜻 진문의 어깨를 베어버릴 것처럼 보였지만 동시에 그대로 찌르면 가슴팍을 관통할 수도 있었다.

어디로 향하는지 한눈에 알아차릴 수 없는 표홀한 검격.

진문이 검격을 향해 장봉을 치켜들었다. 이어서 장봉의 중간을 잡은 뒤 마치 풍차가 도는 것처럼 장봉을 빙글빙글 돌렸다.

차차창!

장봉과 검이 순식간에 세 번 부딪치며 파열음을 냈다.

도검수의 검격은 눈에 보이는 것처럼 일 초식이 아니었다. 일검 안에 세 번의 초식이 담겨 있었던 것이다.

그때 도검수의 뒤에서 그림자 하나가 옆으로 빠져나왔다.

스윽!

등 뒤에서 나타난 동료 도검수가 재차 진문에게 검을 날렸다.

방금 세 번의 초식을 막아낸 진문은 깜짝 놀라면서 장봉을 돌려 검격을 막았다.

채채쳉!

역시 세 번의 찌르기와 베기가 뒤섞여 있는 검격이었다. 간신히 공격을 막은 진문은 자기도 모르게 침을 꿀꺽 삼켰다.

하지만 동료가 있는 것은 도검수들만이 아니었다.

"감히 사일검법의 앞에서 등을 보이다니!"

도검수 둘이 진문에게 합공을 펼치자 자연히 그들은 정영에게 빈틈을 보이게 되었다.

정영이 몸을 날리며 척사검을 찔렀다.

슈웃!

그런데 무언가 이상했다.

정영에게 등을 돌리고 있는 도검수가 갑자기 무릎을 꿇으며 몸을 낮추는 것이었다.

그러자 당황한 쪽은 정영이었다.

"……?"

도검수는 검을 들어 막거나 좌우로 보법을 밟아야 했다. 그런데 피하기는커녕 몸을 숙이다니? 그것은 날아오는 검에게 스스로 등 한복판을 내준 것이나 다름없었다.

생사가 달린 싸움에서 적을 걱정하는 것은 아량이 아니라

허세다. 강호에 출행해서 온갖 고초를 겪은 정영이 그걸 모를 리 없었다.

정영은 입술을 질끈 깨물고 도검수의 등을 향해 척사검을 내질렀다.

그때 오싹한 느낌이 등골을 스치고 지나갔다.

정영은 갑자기 얼굴에 그림자가 드리웠다는 사실을 깨달았다.

"……!"

그녀는 초식을 멈춘 채 몸을 옆으로 날렸다.

순간 정영이 있던 자리에 도검수의 검화(劍花)가 폭죽처럼 터졌다.

파파파팡!

사실 도검수들이 정영에게 빈틈을 보였던 것은 일부러 꾸민 계책이었다.

정영이 달려드는 찰나, 그녀의 표적이 된 도검수가 재빨리 몸을 숙였다. 이어서 진문을 상대하던 도검수가 몸을 날려서 동료의 어깨를 밟고 도약했던 것이다.

동료의 뒤에 숨어 있다가 위로 뛰어오르며 높은 곳에서 정영을 노린 도검수.

둘의 합공은 마치 적을 옭아매어 꼼짝 못 하도록 만드는 제갈량의 팔진을 보는 것 같았다.

정영은 바닥을 뒹굴면서 다급히 자세를 잡았다.

그때 등 뒤에서 도검수의 검격이 느껴졌다.

정영은 몸을 돌리지 않은 채 손목을 튕겨 척사검을 공중에 띄웠다. 그리고 검 손잡이를 거꾸로 잡은 뒤 옆구리 사이로 찔렀다.

쉬익!

상대를 보지 않고 위치를 짐작하여 기습적으로 검을 날리는 수법.

바로 정영이 비장의 한 수로 쓰는 구명절초였다.

그러나 도검수는 만만한 상대가 아니었다.

채앵!

도검수는 정영의 옆구리에서 갑자기 튀어나온 검날을 가볍게 맞받아치는 것이었다.

역습은 계속됐다.

이번에는 두 도검수가 앞뒤로 정영을 포위하고 달려들었다.

"각오는 됐겠지?"

"이것으로 끝이다!"

두 개의 검이 비스듬히 반원을 그리며 정영에게 날아왔다.

순간 정영은 결심을 내렸다.

계속 이대로 싸우다가는 패배한다. 그렇다면…….

그녀는 등 뒤에서 날아오는 검을 도외시한 채 눈앞의 도검수에게 몸을 날렸다.

상대의 검망(劍網)을 피하지 않고 정면으로 달려들어 검을 찔러 넣는다. 바로 사일검법의 진면목에 해당하는 수법이었다.

그러나 정영이 미처 예상하지 못한 것이 있었다.

대단한 것은 아니었다. 단지 도검수가 자신보다 한 수 위의 고수라는 점이었다.

도검수의 검 끝이 갑자기 부르르 흔들리는가 싶더니 정영의 눈앞에서 십여 개로 나눠졌다.

십여 개의 검화가 정영의 몸에 명중했다.

파파파팡!

"허억!"

정영이 신음을 지르며 무릎을 꿇었다. 하지만 정신이 혼미한 와중에도 그녀의 손은 일검을 뻗고 있었다.

푸욱! 척사검이 도검수의 어깨를 꿰뚫었다.

"크윽! 뭐 이런 개같은 년이 다 있지?"

도검수가 인상을 구기며 욕설을 내뱉었다.

진문은 정영이 쓰러지는 것을 보자 평정심을 잃었다.

"하아아압!"

그가 장봉을 휘두르며 도검수들에게 돌진했다.

"흥! 소림 땡초 주제에 여인이 쓰러졌다고 화를 내? 크하하하!"

탁! 척사검에 어깨를 찔린 도검수가 아무렇지도 않은 얼굴로 검을 왼손에 바꿔 들었다.

정영이 모든 힘을 쏟았지만, 도검수를 전투 불능으로 만들기는커녕 잠시 부상을 입힌 것에 불과했던 것이다.

"흐아아압!"

분노한 진문의 기세는 천지를 뒤엎을 것처럼 광포했다.

하지만 정영과 함께 싸워도 이기지 못한 자들을 혼자서 이길 수는 없었다.

두 도검수는 진문의 장봉을 서로 번갈아가며 막아냈다.

"이것 봐라? 제법이잖아!"

"소림봉술(少林棒術)이 능히 검 세 자루를 상대할 수 있다는 말은 강호에 떠도는 허명이었구나!"

도검수가 사문을 비웃자 진문이 미친 듯이 장봉을 휘둘렀다.

그러나 분노의 힘이 고수를 이기는 것은 삼류 무사들 간의 싸움에서나 가능한 일이었다. 일류 수준을 넘어서는 순간, 정신력이나 투지로는 승패를 뒤집을 수 없는 것이다.

도검수 둘이 동시에 검을 흔들며 검화를 쏟아부었다.

파파파팡!

진문은 정신없이 장봉을 휘두르며 검화를 막아냈다.

하지만 검화 하나가 장봉이 만드는 그물망을 빠져나갔다. 그리고 진문의 무릎에 있는 족삼리(足三里) 혈도에 적중했다.

"크헉!"

진문이 비명을 토하며 무릎을 꿇었다.

도검수들이 비웃으며 말했다.

"소림 무공은 중원의 태산북두라고 하더니 몽땅 허언이었군."

"몇 백 년 전 달마 대사 때 얘기를 왜 지금 하냐?"

그들의 말투는 경박하기 짝이 없어서 비열한 흑도 무리한테나 어울리는 것이었다. 하지만 둘의 무공만큼은 진짜였다.

문사가 무명의 옷소매를 잡아끌며 말했다.

"이보게, 빨리 도망치세!"

"……."

하지만 무명은 말없이 그 자리에 서 있었다.

아니나 다를까, 도검수들이 무명과 문사를 쳐다보며 말했다.

"왜? 도망가려고?"

"도망칠 수 있다면 해보시지. 단, 등 뒤에 언월도 박히는 수가 있으니 조심해라."

둘은 무명과 문사가 도망친다고 해도 언제라도 잡을 수 있다고 생각하는 것 같았다.

무명 역시 그 생각에 동의했다.

창천칠조의 고수 정영과 소림 나한승 진문을 무릎 꿇린 두 고수에게 무명과 문사를 추적하는 것은 한낱 어린애 장난에 불과하리라.

무명은 생각했다.

'다른 사람이 있었다면 저들을 이길 수 있었을까?'

결론은 쉽지 않다는 것이었다.

창천칠조에서 도검수들과 맞설 수 있는 자는 송연화 하나 정도였다. 그것도 두 도검수의 합공이 아니라, 한 명만 상대할 때의 얘기였다.

만약 이강이 있다면 도검수들과 호각으로 겨룰 수 있을 것이다.

하지만 모두 탁상공론에 불과했다. 송연화도 이강도 지금 이곳에 없으니까.

도검수들이 정영과 진문을 보며 말했다.

"이제 어떻게 할까? 목을 벨까?"

"심문할 게 있을지 모르니까 끌고 가자."

"두 연놈의 얼굴을 봐서는 순순히 따라올 것 같지 않은데?"

"그럼 죽지 않게 손목을 하나씩 자르자."

그들은 잔인한 말을 마치 점심으로 무엇을 먹을지 궁리하는 것처럼 아무렇게나 했다.

무명은 가슴이 철렁했다.

'큰일이다.'

어떻게든 둘을 막고 시간을 끌어야 했다.

"강호인은 참으로 복면을 좋아하는군."

무명이 냉소하며 말했다.

그러나 시간을 끈다고 해서 무슨 뾰족한 수가 있을지 의문이었다.

"복면에 인피면구까지. 얼굴 밝히기를 꺼리는 모양을 보니, 광명정대한 자들이 아니라는 것은 잘 알겠소."

"훗, 네놈도 마찬가지가 아니냐?"

"환관 주제에 무림맹의 세작으로 행세하는 놈이 세 치 혀는 길군."

무명이 슬쩍 도발의 말을 던졌지만 도검수들은 평정심을 잃지 않고 맞받아쳤다.

어쨌든 둘의 시선을 끄는 데는 성공했다. 무명은 말을 이었다.

"거래를 하지. 서책을 넘겨줄 테니 우리를 놔두고 가는 것은 어떻소?"

"망자비서 말이냐?"

도검수가 망자비서를 언급했다.

무명은 자신의 짐작이 맞았다는 것을 느꼈다.

'생각한 대로다. 무림맹이 망자비서를 구했다는 소문은 이미 강호에 모르는 이가 없다.'

그런데 도검수들은 무명의 계책에 걸려들지 않았다.

"망자비서야 제갈세가 놈이 어딘가에 숨겨놨겠지."

"환관 따위가 망자비서를 내놓겠다고? 지나가는 개가 웃을 소리를 해라!"

"……."

무명은 할 말이 없어졌다.

도검수들은 무공만 고강한 게 아니라 잔머리도 잘 돌아가는 자들이었다.

그들이 각각 정영과 진문 앞에 가서 섰다.

"자, 괜히 시간 끌지 말고 얼른 손들을 내밀어라."

"왼손잡이 있으면 오른손을 잘라줄 테니까 말해라. 알아서 안 쓰는 손을 잘라주는 자객이라니, 너무 관대한 것 아냐? 크하하하!"

도검수들이 검을 빙글빙글 돌리다가 높이 치켜들었다. 그리고 정영과 진문을 향해 내려쳤다.

그때였다.

와장창창!

복도 옆의 창문이 박살 나면서 사람 그림자 하나가 날아들어 왔다.

인영이 도검수들의 검을 향해 두 팔을 뻗었다.

채챙!

인영은 양손에 쥔 두 개의 판관필로 도검수들의 검 두 자루를 동시에 막았다.

여유 만만하던 도검수들의 얼굴에 처음으로 낭패한 표정이 떠올랐다.

그들이 외쳤다.

"옥면서생 제갈성!"

와장창창!

창문이 박살 나며 인영 하나가 뛰어들었다.

그는 얼굴이 가려지는 은사모를 쓰고 있어서 이목구비를 알아볼 수 없었다.

하지만 도검수들은 인영의 정체를 단번에 깨닫고 소리쳤다.

"옥면서생 제갈성!"

청수한 백의를 걸치고 은사모를 써서 얼굴을 가린 자.

그의 외모는 복장이 소박하고 단정하여 명문정파의 명숙 같은 위엄은 없었다. 하지만 망사 속에서 강렬하게 뿜어져 나오는 안광이 그가 당금 무림에서 손꼽히는 고수라는 사실을 말해주고 있었다.

그는 바로 제갈세가의 일공자이며 무림맹의 부맹주인 제갈성이었다.

제갈성이 낭랑한 목소리로 말했다.

"안 쓰는 손을 잘라주겠다? 자객 주제에 도량이 넓군."

그가 천천히 두 팔을 돌려 뒷짐을 졌다. 두 명의 강호 고수를 상대하고 있는 게 아니라 마치 산책을 나온 사람같이 여유로웠다.

지금 일행이 있는 곳은 대명각 오 층이었다.

대명각 주위에는 딱히 높은 건물이 없었다. 적어도 삼십 장은 떨어져야 제법 층이 있는 건물이 나타났다.

그런데 제갈성은 바로 옆에서 나타난 것처럼 창문을 부수고 등장한 것이다.

무명은 궁금했다.

'대체 어떻게 오 층까지 올라왔을까?'

하지만 아무리 생각해도 짐작이 안 됐다.

그가 알고 있는 최고 경신법의 소유자는 송연화였다. 하지만 송연화의 경신법은 제갈성의 발끝에도 못 미쳤다.

잠깐 기세가 눌렸던 도검수들이 곧 여유를 되찾았다.

둘은 손목을 놀려서 검을 빙글빙글 돌리며 말했다.

"옥면서생 제갈성. 하지만 그 옥면을 본 자가 강호에는 몇 안 된다지?"

"오늘 그 은사모를 벗기고 얼굴을 드러내 주마!"

휘익!

도검수들이 제갈성에게 달려들었다.

두 자루의 검이 제갈성의 양옆에서 검화를 퍼부었다.

파파파팡!

순간 제갈성이 몸을 빙글 돌리며 두 팔을 뻗었다. 두 개의 판관필이 전광석화처럼 십여 개의 검화를 받아치고 튕겨냈다.

채채채챙!

그러나 도검수들이 퍼부은 검화는 상대의 눈을 속이는 허초(虛招)였다.

"걸렸다!"

도검수들이 각각 제갈성의 오른팔과 왼쪽 다리를 향해 초식을 출수했다.

좌우 양쪽에서 오는 공격을 막는 것은 두 배가 아니라 세 배 이상 힘들다. 하물며 동시에 상하까지 노리는 공격은 두말할 필요가 없다.

상대의 상하좌우를 동시에 노리는 검망(劍網).

두 도검수의 합공은 마치 한번 발을 들이면 절대 빠져나갈 수 없는 개미지옥을 연상케 했다.

그때였다.

제갈성의 오른손에 들린 판관필이 허공에 기이한 원을 그렸다.

스스스스!

판관필은 봄바람에 떨어지는 버드나무잎처럼 부드럽게 검날의 옆에 붙었다. 그러자 검날이 꼭 자석에 붙은 것처럼 판관필을 따라가는 것이 아닌가?

제갈성이 판관필을 크게 휘저으며 검날을 반대편으로 흘려보냈다.

스륵!

막 제갈성의 오른팔을 베었다고 생각한 도검수는 깜짝 놀랐다. 어느새 그의 검이 동료의 가슴팍을 향해 날아가고 있었던 것이다.

"이게 뭐야?"

그가 멈칫거리며 초식을 회수했다.

그러자 자연히 검 끝이 아래를 향하게 되었다. 아래로 처진 도검수의 검은 하필 제갈성의 왼쪽 다리를 노리던 동료의 검과 부딪쳤다.

째앵! 두 도검수는 강렬한 충격에 하마터면 검을 놓칠 뻔했다.

"크윽! 뭐 하는 거야? 네가 나를 막으면 어떻게 해?"

"내가 아니라 제갈성 놈이 그렇게 한 거야!"

무명은 제갈성이 도검수들의 합공을 막은 것을 보고 무심코 중얼거렸다.

"이화접목의 수법……."

이화접목(移花接木)은 꽃이 핀 나무를 다른 나무에 접붙인다는 말이다. 즉 적의 힘을 교묘하게 흘리거나 사용해서 또 다른 적을 치도록 만든다는 뜻이었다.

지금 제갈성의 수법이 바로 그랬다.

이화접목의 원리대로 도검수의 검을 억지로 막지 않고 흘려보내서 오히려 동료의 몸을 찌르게 만든 것이다.

대명각 오 층으로 뛰어오른 경신법.

정영과 진문을 무릎 꿇린 강호의 고수를 오히려 이화접목으로 상대하는 수법.

제갈성의 무위는 무명이 감히 짐작할 수 없는 경지에 올라 있었다.

그런데 그게 전부가 아니었다.

도검수들이 이화접목의 수법에 당황하고 있을 때, 이번에는 제갈성이 먼저 몸을 날렸다.

스슥!

제갈성이 살짝 발을 움직이는가 싶었는데 어느새 그의 신형은 도검수를 향해 달려들고 있었다.

"이 개자식이!"

도검수가 욕설을 내뱉으며 검을 돌려서 제갈성의 정수리를 베었다.

하지만 검이 채 절반도 내려오기 전에 제갈성은 이미 도검수의 코앞에 당도했다.

"뭐, 뭐야?"

도검수가 깜짝 놀라 검의 궤적을 바꾸었다.

그러나 제갈성의 몸이 너무 가까이 있어서 그는 검을 벨 수도 찌를 수도 없었다. 만약 억지로 검을 놀렸다가는 오히려 자신을 벨 수 있기 때문이었다.

실은 제갈성의 수법은 위험하기 짝이 없는 것이었다.

강호의 고수는 무공이 셀수록 상대와 거리를 유지하며 싸운다. 접근전이 벌어졌다가는 의외의 돌발 상황에 휘말릴 수 있다는 것이 강호의 상식이었다.

하지만 절정 고수에게는 상식이 통하지 않았다.

제갈성의 신법과 금나수는 두 도검수를 압도하는 것이

었다.

검을 쓰지 못하자 도검수는 제갈성의 얼굴을 향해 전광석화처럼 왼손을 뻗었다.

두 손가락으로 상대의 눈을 후벼 파는 관수 찌르기.

그러나 제갈성은 도검수의 동작을 이미 읽었다는 듯 판관필을 일직선으로 뻗어 내질렀다.

쉬이익!

그대로 관수 찌르기를 하면 손바닥이 판관필에 꿰뚫릴 상황. 도검수는 멈칫거리며 왼손을 허공에서 멈췄다.

실은 관수 찌르기는 또 한 번의 허초(虛招)였다.

도검수는 제갈성의 시선을 자신의 왼손에 고정시킨 다음, 진짜 노림수였던 실초(實招)를 출수했다. 그가 오른쪽 무릎으로 제갈성의 낭심을 찼다.

제아무리 절정 고수라고 해도 낭심까지 단련할 수는 없다. 낭심을 맞는다는 것은 남자로서 수치심을 느끼는 것을 넘어서 패배로 직결되는 문제였다.

하지만 제갈성은 그것마저 이미 파악하고 있었다.

도검수가 무릎으로 낭심을 차는 찰나 제갈성이 동시에 무릎을 들었다. 턱! 도검수의 발차기는 제갈성의 무릎에 간단히 막히고 말았다.

그때 제갈성의 뒤에서 다른 도검수가 검을 출수했다.

"받아랏!"

정영과 진문을 상대할 때만 해도 여유가 있던 그는 이제 제 갈성을 향해 십성(十成)의 공력을 쏟아냈다.

살기 어린 검화가 제갈성의 등에 작렬했다.

순간 제갈성의 신형이 흐릿해지는가 싶더니, 서로 맞붙어 있던 제갈성과 도검수가 빙글 돌면서 서로 자리를 바꾸는 것이 아닌가?

등 뒤의 도검수가 초식을 출수할 때, 제갈성은 이미 살기를 읽고 움직인 뒤였다.

그는 낭심을 차려고 했던 도검수의 무릎을 붙잡고 앞으로 끌었다. 동시에 중간에서 멈칫거린 도검수의 왼손을 붙잡으며 뒤로 밀었다.

즉 자신의 힘은 쓰지 않고 상대의 힘만 그 방향대로 흘려 버린 것이었다.

이어서 도검수에게 바싹 붙으며 오른발을 뻗었다. 그리고 등 뒤에서 검격이 날아오는 찰나 몸을 빙글 돌리며 도검수와 서로 위치를 맞바꾸었던 것이다.

마치 상대와 춤을 추는 듯한 간단한 몸놀림.

그러나 그 속에 교묘한 이화접목의 수법이 숨어 있었다.

"뭐야, 이게!"

도검수는 깜짝 놀라서 급히 검을 집어 들였다.

하지만 미처 회수하지 못한 검화 하나가 동료의 등에 꽂히고 말았다.

십성의 공력이 담긴 검화가 도검수의 등에 폭발했다.

파앙!

도검수가 두 눈을 크게 뜨며 움찔하더니 곧 입을 벌리고 한 모금의 선혈을 토했다.

"푸흡!"

예측 불허의 합공으로 정영과 진문을 쓰러뜨린 두 도검수.

그러나 하늘 위에 하늘이 있었다.

무림맹의 후기지수들을 농락했던 강호의 두 고수는 진짜 무림맹의 절정 고수가 출현하자 불과 몇 초식도 싸워보지 못하고 부상을 입은 것이었다.

명문정파인의 대결이었다면 거기서 싸움은 끝났으리라.

하지만 두 도검수는 싸움을 멈출 생각이 없어 보였다.

그들은 지금 자신이 자객의 신분이라는 것을 잘 알았다.

두 도검수가 몸을 일으키더니 좌우로 거리를 벌렸다.

그리고 바닥을 차며 제갈성에게 동시에 몸을 날렸다.

"죽어랏!"

제갈성의 은사모 속에서 안광이 날카롭게 빛났다.

도검수들의 검격은 예사롭지 않았다.

검을 앞세우고 몸을 던져 돌격하는 태세.

그러나 둘의 신법은 정영의 사일검법과는 전혀 달랐다.

즉 두 도검수는 동귀어진의 각오로 달려들고 있었다.

쉬이이익!

동귀어진(同歸於盡).

도저히 승산을 기대할 수 없는 싸움에서 자신의 목숨을 도외시한 채 상대를 죽이려 드는 전법이다. 동귀어진은 무위가 떨어지는 삼류 무사나 혹도 무리가 강호의 고수를 이기기 위해 쓰는 수법이었다.

하지만 두 도검수는 엄연히 일류를 넘어선 고수이지 않은가?

그런 그들이 너 죽고 나 죽자는 식의 동귀어진을 펼친다는 것은 세간의 상식으로 이해할 수 없는 일이었다.

은사모 아래로 살짝 보이는 제갈성의 입매가 딱딱하게 굳어 있었다.

이화접목의 수법으로 어설프게 흘려보내기에는 살기가 흉흉하게 서린 검격.

제갈성이 양 손목을 튕겨서 두 판관필을 빙글 돌렸다. 그리고 거꾸로 쥔 판관필로 두 도검수의 검격을 방어했다.

차차차차창!

순식간에 대여섯 번이 넘는 검격이 작열했다.

판관필은 점혈과 급소 찌르기에 특화된 무기다. 판관필로는 두 도검수의 검격을 방어하고 역습을 펼치는 것이 무리였다.

제갈성은 뒤로 세 걸음을 물러나며 간신히 검격을 막아냈다.

그의 머릿속이 복잡해졌다.

두 도검수가 계속해서 동귀어진의 수법을 펼칠 것인가? 아니면 잠시 얻은 우세를 이용해서 다시 합공에 나설 것인가?

그러나 싸움을 지켜보고 있는 무명의 생각은 달랐다.

'폭풍우가 지나간 뒤에는 고요함이 찾아오는 법이다. 그렇다면……'

도검수들은 무명의 예측대로 행동했다.

"제갈성, 이 수모는 반드시 갚아주겠다!"

"네놈의 상판대기를 뜯어서 반드시 인피면구를 만들어주마! 크하하하!"

두 도검수는 크게 웃음을 터뜨리면서 몸을 돌렸다. 그리고 훌쩍 몸을 날려서 박살 난 창문 밖으로 뛰어내리는 것이었다.

휘익!

둘은 건물에 삐죽 나온 처마를 밟고 높이 날아올랐다.

그리고 계속해서 대명각의 다른 건물 지붕에 발을 디딘 뒤 십여 장 이상을 붕 뛰었다.

대명각 주위에는 높은 건물이 없다. 하지만 두 도검수는 마치 징검다리를 건너듯이 멀리 떨어져 있는 건물 지붕을 밟으며 사라져 버렸다.

신법만 봐도 둘의 무위가 제갈성에 크게 뒤지지 않는다는 것을 알 수 있었다.

그리고 둘의 웃음소리가 메아리처럼 길게 이어졌다.

"크하하하하하……."

웃음소리는 마치 둘이 아직 복도에 있는 것처럼 또렷하게 들렸다.

무명은 두 도검수의 내공 수위가 어느 정도일지 짐작할 수 없었다.

제갈성은 잠시 창문 밖을 응시하다가 판관필을 품속에 넣었다. 도검수들을 따라가도 반드시 잡으리라는 법이 없다고 여겨 추격을 포기한 것이었다.

엄청난 무위를 보이며 대명각을 침입한 이인 자객.

무명 일행의 위기는 적시에 돌아온 제갈성이 이인 자객을 물리치는 것으로 끝이 났다.

진문과 정영이 몸을 일으키며 말했다.

"부맹주님, 감사합니다."

"저희가 부족해서 일이 이 지경으로……."

"그만. 됐으니 더 말하지 마라."

제갈성이 둘의 말을 막은 것은 화가 나서가 아니었다.

그가 둘에게 다가가더니 손을 뻗어 몇 군데의 혈도를 점혈했다.

"통증이 잠시 멎을 것이다. 하지만 몸을 함부로 움직이지 말고 특히 말을 줄여라."

그는 내상을 입은 진문과 정영의 몸을 점혈해서 임시방편으로 치료해 준 것이었다.

"사람을 시켜 탕약을 제조해 주겠다. 앞으로 사사 십육, 즉 십육 일 동안 절대 내공을 쓰지 말고 안정하면 나을 것이다."

정영과 진문이 말없이 고개를 조아려서 부맹주에게 감사를 표했다.

하지만 둘의 눈빛이 어딘가 이상했다. 제갈성에게 무언가를 묻고 싶지만 감히 말을 꺼내지 못하고 있는 표정이었다.

제갈성이 그런 눈치를 모를 리 없었다.

그가 정영, 진문, 무명을 한 번씩 돌아본 뒤 입을 열었다.

"두 자객이 누구인지 짐작 가는 자들이 있다. 지금 들은 말은 절대 다른 곳에서 입 밖에 내지 마라."

제갈성이 냉랭한 목소리로 말했다.

"그 둘은 화산쌍로(華山雙老)다."

자객들을 끌고 대명각에 침입한 정체불명의 이인.

둘은 제갈성에게 패퇴하여 도주했다.

하지만 그들은 정영과 진문을 간단히 무릎 꿇렸다. 또한 제갈성과의 승부도 완전히 결판이 났다고는 볼 수 없었다.

일행이 절정 고수의 반열에 오른 이인의 정체를 궁금해하고 있을 때였다.

제갈성이 말했다.

"그 둘은 화산쌍로(華山雙老)다."

"……!"

정영과 진문이 깜짝 놀란 눈으로 서로를 쳐다봤다.

둘이 굳은 얼굴로 말했다.

"어쩐지 검기가 예사롭지 않았습니다."

"동그란 기운이 느껴지던 검기가 혹시 화산파의 비전 무공이 아닙니까?"

"맞다."

진문의 물음에 제갈성이 대답했다.

"둘이 쓴 검법이 바로 화산파의 이십사수매화검법이다."

진문과 정영이 그 말을 듣고 고개를 끄덕였다.

소림사와 점창파는 중원에서 내로라하는 명문정파였다. 문파의 원로급이나 사파의 고수가 아니라면 두 문파의 후기지수인 진문과 정영을 쉽게 제압하기란 불가능했다.

즉 제갈성이 이인의 정체가 화산파의 고수라고 밝히자, 진문과 정영은 그제야 패배의 이유가 납득이 되었던 것이다.

화산(華山)은 중원 오악 중에 서악(西岳)으로 꼽히는 명산이다.

특히 화산은 매화가 많이 피기로 유명했다. 화산파를 창시한 개파조사는 매화꽃이 떨어지는 모습을 보고 깨달음을 얻어 매화검법을 만들었다고 한다.

그중의 하나가 바로 이십사수매화검법(二十四手梅花劍法)이었다.

진문과 정영은 분노가 사그라들었다.

자신들을 이긴 상대가 이십사수매화검법을 쓰는 화산파의 고수라면 사문의 명성에 누를 끼친 깃은 아닌 셈이있다.

하지만 분한 마음이 완전히 가신 것은 아니었다.

화산쌍로는 검법도 대단했지만 무엇보다 합공이 놀라웠다.

합공만 막았다면 둘을 상대해서 승리하지는 못해도 최소한 완패하지는 않았으리라.

진문과 정영의 마음속에 불길이 타올랐다.

둘의 눈빛에 담긴 뜻은 동일했다.

'언젠가 다시 만나면 반드시 이 굴욕을 설욕해 주겠다.'

제갈성이 둘의 속마음을 모를 리 없었다.

하지만 그는 두 후기지수를 책망하지 않았다.

아니, 오히려 진문과 정영이 화산쌍로의 무위를 접하고도 기세가 꺾이지 않은 것을 다행이라고 여겼다.

"화산쌍로의 이름은 따로 알려져 있지 않다."

제갈성이 말을 계속했다.

"강호에서는 둘을 각각 일로(一老)와 이로(二老)라고 부른다. 하지만 키와 얼굴 생김새가 쌍둥이처럼 비슷해서 화산파의 원로도 둘을 쉽게 구분하지 못한다고 들었다."

진문이 재차 궁금한 점을 물었다.

"화상쌍로는 인피면구를 써서 얼굴을 가리고 있었습니다. 그런데 자신들이 화산파라는 것을 숨기지 않고 이십사수매화검법을 사용한 사실이 이상하군요."

"그 둘은 자객이 아니었더라도 인피면구를 썼을 것이다."

"네? 무슨 말씀이신지?"

"화산쌍로는 추남(醜男)으로 유명하다."

이어지는 제갈성의 말은 믿기 힘들 만큼 우스꽝스러운 것이었다.

"너희들은 모를 것이다. 이십 년 전, 화산쌍로는 소림사에서 열린 무림대회에 참가하며 처음으로 강호출행을 했다."

제갈성이 화산쌍로의 과거 비화를 이야기하기 시작했다.

당시 화산쌍로는 화산파에서 촉망받는 후기지수였다.

약관의 나이에도 불구하고 무공 수위가 이미 일류를 넘어서 절정에 달한다는 소문까지 돌았다.

무림대회에 참가한 명문정파인의 이목이 화산파의 두 후기지수에 몰린 것은 당연했다.

그런데 둘 중 사형인 일로가 예선전을 위해 단상에 올랐을 때였다.

아미파의 여제자 하나가 일로의 얼굴을 보고 말했다.

"뭐 저렇게 못생긴 남자가 다 있어?"

여제자의 목소리는 그리 크지 않았다.

하지만 사람들의 이목은 일제히 일로의 얼굴로 집중되었다.

그리고 단상 주위가 순식간에 시장 바닥처럼 시끌벅적해졌다.

"정말 못생겼군!"

"대체 눈, 코, 입이 어디에 붙은 거야?"

"아직 약관의 나이라고 들었는데 잘못 안 거 아냐? 저 얼굴은 어딜 봐도 백 살은 넘어 보이는데?"

일로의 얼굴은 색이 어둡고 칙칙해서 꼭 병자처럼 보이는 것은 물론, 주름살이 가득해서 도저히 스무 살 먹은 청년으로 보이지 않았다.

또한 눈썹은 없다시피 했고, 안 그래도 작은 눈은 가로로 쭉 찢어졌으며, 콧날은 주저앉아서 콧구멍이 훤히 들여다보였다. 그것도 모자라 뻐드렁니였다.

일로는 화산파의 화려한 검법을 선보이며 예선 상대를 가볍게 이겼다.

그러나 화제가 된 것은 그의 무공이 아니라 얼굴이었다.

이어서 이로의 차례가 왔다.

단상에 오른 이로의 얼굴을 보자 사람들은 경악했다.

이로 역시 사형인 일로 못지않게 추남이었기 때문이다.

누군가가 소리쳤다.

"화산파는 후기지수 고를 때 무공 재능만 보지 말고 얼굴도 좀 보지 그래?"

그 말 한마디에 단상 주위는 웃음바다가 되었다.

이로도 사형처럼 손쉽게 상대를 제압했다.

그러나 일로처럼 이로 역시 못생긴 얼굴이 화제가 되

었다.

그날 하루 종일 사람들의 입에서 화산파의 두 후기지수에 대한 얘기가 멈출 줄을 몰랐다.

"화산파에서 신진고수가 두 명 나왔다면서?"

"신진고수? 이미 강호를 제패할 수준이네!"

"그게 정말인가?"

"그럼! 둘의 얼굴을 본 자는 남녀 할 것 없이 기가 막히고 불쌍해서 싸울 뜻을 잃는다네. 면상 하나로 적을 무릎 꿇리니, 가히 천하무적이 아니겠는가?"

"와하하하하!"

다음 날, 예선전을 위해 단상에 오른 둘을 보고 누군가가 소리쳤다.

"천하무적 화산쌍로! 이십사세면상검법!"

화산쌍로. 화산의 두 늙은이라는 뜻.

특히 이십사세면상검법(二十四歲面上劍法)이란 말이 절묘했다.

화산파 비전 무공인 이십사수매화검법의 글자를 바꾼 것도 모자라, 둘의 나이가 젊은 데 비하여 얼굴은 노인과 같다는 점을 비웃는 말이었다.

사람들 머릿속에 둘의 별호는 즉시 화산쌍로로 각인되었다.

강호에서 별호는 이름보다 중요하다.

강호인이 죽기 전까지, 아니, 죽은 뒤에도 별호가 꼬리처럼 따라다닌다.

별호는 그자가 강호에서 얼마나 큰 명성을 떨치는지 알아볼 수 있는 지표였다.

때문에 흑도 무리나 사파의 고수도 별호만큼은 멋지고 화려했다.

좋은 뜻이 아닌 별호라도 최소한 강렬한 인상은 주게 마련이었다.

그런데 강호에 출행하자마자 붙은 별호가 두 명의 추한 늙은이였으니…….

청운의 꿈을 품은 약관의 두 청년에게 너무 큰 상처였을까?

화산쌍로는 다음 경기에 출전하지 않고 기권한 뒤 모습을 감췄다.

그리고 아무도 모르게 소림사를 내려가 화산파로 돌아가 버렸다.

화산파가 자신 있게 내놓은 두 후기지수는 우스꽝스러운 별호만 남긴 채 강호에서 사라진 것이었다.

"그 뒤로 화산쌍로의 얼굴을 본 사람은 아무도 없었지."

제갈성이 말했다.

"둘은 구륜사 결전은 물론 흑랑성 멸문 시에도 발을 빼고 참가하지 않았다."

구륜사 결전과 흑랑성 멸문은 중원 무림을 뒤흔든 이대 사건이었다.

두 사건을 거치면서 무림맹의 세는 크게 약화되었다.

즉 화상쌍로가 무림맹의 중대사에 참가하지 않은 일은 중원 무림과 연을 끊은 것과 다름없었다.

"그런데 이상한 소문이 들리기 시작했지."

언제부터인가 강호에 두 명의 괴인이 나타났다는 소문이 돌았다.

두 괴인은 검법이 고강한 것은 물론, 쌍둥이처럼 손발이 척척 맞는 합공으로 숱한 고수를 쓰러뜨렸다.

이상한 것은 두 괴인이 항상 인피면구를 쓰고 있어서 이목구비를 알아볼 수 없다는 점이었다.

또한 그들은 흑도 무리뿐 아니라 명문정파인까지 상대를 가리지 않고 살상극을 벌였다.

하지만 두 괴인의 정체가 드러나는 것은 시간문제였다.

둘이 화산파의 검법을 사용했기 때문이다.

사람들은 두 괴인이 화산쌍로가 아닐까 짐작했다.

이십사수매화검법을 자유자재로 출수하면서 기상천외한 합공으로 강호의 고수들을 쓰러뜨리는 이인은 화산쌍로 말고는 생각할 수 없었다.

명문정파는 화산파에게 항의의 서한을 보냈다.

화산쌍로에게 숱한 고수를 잃은 흑도 문파도 굴욕을 무릅 쓰고 무림맹에게 도움을 청했다.

"하지만 화산파는 소문을 부인했다."

정작 화산파가 두 괴인이 화산쌍로가 아니라고 부인하자 중원 무림은 할 말이 없어졌다.

"화산쌍로를 붙잡아서 인피면구를 벗기지 않는 이상, 화산파는 계속해서 모르는 일이라고 발뺌하겠지."

나이는 아직 사십 대에 불과하지만, 말투와 행동거지가 늙은이처럼 경박하고 교활한 화산쌍로.

둘의 악행은 십 년 전에 홀연히 자취를 감추는 듯했다.

그런데 오늘 대명각에 화산쌍로가 자객을 대동하고 암습을 감행한 것이었다.

정영이 물었다.

"대체 화산파가 왜 무림맹을 암습한 걸까요?"

"이유는 분명하다. 잠행조가 망자비서를 구했다는 소문이 강호에 파다하게 퍼진 것이오."

무명은 제갈성의 대답을 듣고 살짝 고개를 끄덕였다.

하지만 정영은 믿을 수 없는지 말을 흐렸다.

"명문정파로 이름 높은 화산파가 이런 일을 꾸미다니……."

진문이 다른 질문을 했다.

"화산쌍로가 독자적으로 꾸민 일은 아닐지요? 두 괴인이라면 화산파와 상관없이 움직일지도 모르지 않습니까?"

"아니. 이번 일은 화산파의 짓이오."

무명이 끼어들며 말했다.

"두 가지 증거가 있소."

"증거? 그게 뭐지?"

제갈성이 묻자 무명이 대답했다.

"화산쌍로에게 무림패를 보였소."

"무림패 말이오?"

정영이 깜짝 놀라다가 제갈성의 눈치를 보며 입을 다물었다.

무명이 말을 이었다.

"그렇소. 둘은 인피면구를 쓰고 있었지만 무림패를 보자 눈빛이 흔들렸소. 무언가 켕기는 것이 있다는 소리요."

무명의 말에 제갈성이 고개를 끄덕였다.

"화산쌍로가 단독으로 일을 벌였다면 무림패를 봐도 신경 안 썼겠지. 하지만 배후에 화산파가 있으니, 무림패를 소지한 자를 해치기가 꺼려졌던 것이로군."

"맞소. 그런데 더욱 발뺌할 수 없는 증거가 있소."

"그건 뭐지?"

"그들은 양념 병을 보고 연막탄으로 오해했소."

"양념 병?"

"자객들이 폭뢰를 썼소. 나는 폭뢰가 벽력당의 것이 아닌지 의심이 갔소."

무명이 화산쌍로에게 양념 병을 던진 일을 설명했다.

그는 주방에서 챙겨 온 양념 병을 둘에게 던졌다.

그때 둘은 잠깐이나마 양념 병을 연막탄으로 착각했던 것이다.

실은 무명이 양념 병을 던진 것은 화산쌍로를 시험해 본 것이었다.

"화산쌍로가 스스로 연막탄을 말한 것으로 볼 때 자객들이 던진 것은 벽력당의 폭뢰가 틀림없소."

"화산파와 사천당문이 벽력당을 멸문한 뒤 폭뢰 제조법을 손에 넣었지. 한낱 자객이 벽력당의 폭뢰를 쓸 리가 없으니, 화산파가 배후에 있다는 뜻이군."

"그렇소."

무명이 고개를 끄덕였다. 역시 제갈성은 이해가 빨랐다.

"화산파가 화산쌍로를 시켜서 망자비서를 빼앗아 오라고 명한 것이오."

"일이 잘못되면 화산파는 둘이 멋대로 벌인 짓이라고 말하며 모르는 척하려는 수작이군."

무명과 제갈성의 대화는 그것으로 끝났다.

일행은 잠시 침음하여 생각에 빠졌다.

중원에서 명문세가를 제외하면 손에 꼽히는 정파는 세 곳이었다.

바로 권각의 소림, 내가무공의 무당, 검법의 화산이다.

그런데 검법 하나로 중원에 명성을 떨치는 화산파가 사문의 고수를 시켜서 무림맹을 암습할 줄은 꿈에도 상상하기 힘든 것이었다.

진문이 침묵을 깨고 물었다.

"저희가 화산쌍로를 다시 만나면 어떻게 해야 됩니까?"

그의 목소리는 여느 때와 달리 차가웠다.

"선배 대접을 해줘야 되는지요?"

정영도 진지한 얼굴로 제갈성의 대답을 기다렸다.

제갈성이 말했다.

"명문정파의 도리를 저버린 것은 그쪽이다. 다시 만나면 강호의 법칙으로 대해라."

"그 말씀은?"

"무공으로 답해줘라."

제갈성의 뜻은 분명했다.

진문과 정영이 화산쌍로에게 설욕할 기회를 허락한 것이었다.

진문과 정영의 두 눈이 활활 불타올랐다.

장강후랑추전랑(長江後浪推前浪).

장강의 뒷 물결이 앞 물결을 밀어낸다는 말이다.

옛사람은 언젠가 새사람으로 교체되게 마련인 법.

망자가 중원에 창궐하고 있는 지금, 과거의 질서에 얽매여 있을 시간은 없었다.

제갈성은 진문과 정영을 보며 생각했다.

'이 둘이 화산쌍로와 맞서는 날, 강호에 새 질서가 서게 될 것이다.'

3장.

황궁에 불어닥치는 풍파

제갈성은 가문에서 수십 명의 무사를 대동하고 돌아와 있었다.

그가 무사들에게 명령했다.

"대명각에 자객들이 남아 있는지 철저히 조사해라."

"존명!"

무사들은 아직 강호에 명성이 알려지지 않은 신진 방파였다. 그러나 제갈세가의 일을 맡고 있는 만큼, 실력이 뛰어난 것은 물론 동작이 빠르고 일사불란했다.

무사들이 대명각을 샅샅이 뒤졌다.

하지만 자객들의 자취는 찾을 수 없었다. 그들은 진문과 정영에게 패퇴하자 폭뢰를 투척한 뒤 부상당한 동료들을 끌고 발 빠르게 도망쳤다.

처음부터 자객들은 눈속임이었다.

화산쌍로는 진문과 정영의 눈을 자객들에게 묶어둔 다음 무명을 겁박하여 망자비서를 얻어낼 속셈이었던 것이다.

제갈성이 무사들의 보고를 듣고 중얼거렸다.

"결국 잠행조를 습격한 곳이 화산파라는 증거는 없는 셈이군."

"……"

진문과 정영은 분한 마음을 안고 침음했다.

화산쌍로가 자객들을 끌고 대명각을 암습한 사건은 그렇게 마무리되었다.

제갈성은 일행이 처소를 옮기도록 조치를 취했다.

무명을 포함한 일행은 아무 장식도 없는 시커먼 가마를 타고 대명각의 후문을 나섰다. 역시 시커먼 흑의를 걸친 무사들이 가마 행렬을 호위했다.

행렬은 미로 같은 도성의 골목을 한참 동안 돌고 돌았다. 혹시 미행이 붙었다면 따돌리기 위해서였다.

곧 가마 행렬이 어떤 건물에 도착했다.

건물은 대명각처럼 화려한 객잔이 아니라 낡고 허름한 곳이었다.

제갈성이 말했다.

"이곳은 사람들의 왕래가 적어 세작의 눈에 쉽게 띄지 않을 것이다."

제갈성은 그 건물 말고도 주위 사방에 있는 건물 네 채를 모두 빌렸다. 네 채의 건물에는 무사들이 넷으로 나뉘어서 묵도록 했다. 즉 진문과 정영이 있는 건물을 동서남북으로 지키는 모습이었다.

물 샐 틈 없는 안전 가옥.

설령 다시 자객이 암습하는 일이 있더라도 무사들의 경비망을 뚫지 않는 이상 진문과 정영에게 접근할 수 없었다.

제갈성은 대명각에서의 실수를 반복하지 않았다.

무명은 무림의 원로급인 제갈성이 자신의 실수를 인정하고 빠르게 조치를 취한 것에 마음속 깊이 감탄했다.

'무림맹이 세가 약해졌다고는 해도 이자가 있는 한 당장 무너질 일은 없겠군.'

제갈성이 명령했다.

"진문과 정영은 다른 명이 있을 때까지 문사와 함께 여기에서 머물러라."

그리고 무명에게 따로 말했다.

"당신은 황궁에서 다른 잠행조의 소식을 알아봐 주시오."

"그렇게 하겠소."

제갈성은 명을 내린 뒤 무사들을 인솔해서 건물을 나갔다.

어느덧 해가 지고 밤이 되어 있었다. 일행은 새 처소에서 하룻밤을 보냈다.

다음 날.

무명은 황궁으로 갈 채비를 한 다음 정영과 진문에게 인사를 했다.

"잠시 다녀오겠소."

사실 내일이라도 다시 오려면 올 수 있었다.

그러나 언제 무슨 일이 벌어질지 알 수 없었다. 화산쌍로 같은 자객이 이곳까지 들이닥치지 말란 법은 없지 않은가?

때문에 일행은 오래 헤어지는 것처럼 작별 인사를 하는 기분이 들었다.

정영이 말했다.

"부디 몸조심하시오."

무명은 슬쩍 장난기가 생겼다.

"조심할 건 그쪽이오. 이 좁은 건물에 여인 혼자서 사내와 함께 있어야 되니 말이오."

하지만 정영은 멋지게 맞받아쳤다.

"무슨 말씀. 부처와 한 방을 쓴다고 한들 별일이야 있겠소?"

"아미타불. 구구절절이 맞는 말씀이오."

셋은 서로를 보며 빙그레 미소를 지었다.

문사가 끼어들며 말했다.

"그동안 내가 두 학사에게 글공부를 시켜놓음세!"

"학사라고? 우리가?"

"당연하지! 사람이 한평생 살면서 배움은 끝이 없는 법. 그러니 자네들이 학사가 아니면 무엇인가?"

"……."

졸지에 학사가 된 정영과 진문은 어처구니가 없는지 웃었다.

무명은 세 명의 배웅을 뒤로하고 황궁으로 향했다.

무명이 황궁에 돌아온 것은 해가 중천에 떠서 점심 먹을 시간이 다 되었을 때였다.

처소에 돌아온 무명은 소행자를 부르려다가 그만두었다.

아침을 늦게 먹고 온 터라 배가 고프지 않았다. 게다가 허기가 느껴지지 않을 만큼 머릿속이 복잡했다.

그는 침상에 대자로 벌렁 누웠다.

실은 제갈성에게 하지 않고 숨겨둔 말이 있었다.

화산파는 화산쌍로를 시켜서 망자비서를 빼앗도록 한 뒤 일이 잘못될 경우 발뺌을 할 생각이었다.

그렇다면…….

'화산쌍로가 인피면구를 쓰고 강호에서 숱한 고수를 살해한 것도 화산파가 배후에서 조종한 일이 아닐까?'

아마도 제갈성은 그 사실을 눈치채고 있었을 것이다.

하지만 진문과 정영은 짐작을 했는지 확실하지 않았다. 특히 정영에게는 그 사실을 숨기는 것이 좋았다.

'명문정파에 대한 자부심이 강한 그녀는 모르는 편이 낫다.'

문득 쓴웃음이 나왔다.

'명문정파?'

당금 무림에서 명문정파가 무엇이란 말인가?

중원 무림의 삼대 문파 중 그나마 소림사만이 명문정파답게 행동하고 있었다. 반면 무당파와 화산파는 정식으로 밝히지만 않았지 무림맹에서 탈퇴한 것이나 마찬가지였다.

망자가 창궐하고 있는 지금, 무당과 화산은 중원의 안위에는 신경조차 쓰지 않았다.

오히려 망자비서를 빼앗으려고 자객을 보내지 않았는가.

권력욕에 눈이 먼 그들을 과연 명문정파라고 부를 수 있을까?

무명의 생각은 회의적이었다.

문득 이강이 떠올랐다. 그가 있었다면 이렇게 말했으리라.

'명문정파? 지나가던 개가 웃을 소리로군!'

무명은 잠시 무림맹의 일을 돕고 있지만, 기억을 되찾은 뒤에는 명문정파와의 연을 끊고 싶었다.

'지금 같은 명문정파라면 강호에 없느니만 못하다.'

단 하나, 그들에게 부러운 점이 있었다.

무공이었다.

정영과 진문은 잠행조에서 큰 활약을 담당한 후기지수였다. 그런데 둘은 화산쌍로의 합공을 파훼하지 못하고 무릎을 뚫고 말았다.

게다가 그 화산쌍로는 이화접목의 수법에 당해서 제길싱에게 패배했다.

천외천(天外天).

하늘 위에 또 다른 하늘이 있는 게 강호였다.

강호에서 뜻을 펼치려면 힘이 필요했다.

힘이 있다면 화산파 같은 명문정파도 남에게서 무언가를 빼앗은 뒤 입을 씻고 행동할 수 있었다. 그게 망자비서든, 벽력당의 폭뢰 제조법이든 간에.

'내가 기억을 잃기 전에 무공을 익히고 있었을까?'

무명은 그렇다고 생각했다.

그게 아니면 이강과 전음으로 대화할 수 있다는 게 설명이 되지 않았다.

운기조식을 하면 단전에 내기가 잠깐 모이다 흩어질 뿐이나, 과거에 분명 내공심법을 수련했다는 증거는 확실했다.

'강호에서 심계만 갖고 버티는 것은 불가능하다.'

무명은 빨리 잃어버린 무공을 되찾아야겠다고 생각했다.

하지만 어떻게 해야 될지는 도무지 알 수 없었다.

머릿속이 복잡할 때였다.

밖에서 누군가가 호들갑을 떨며 소리쳤다.

"장 공공! 큰일 났습니다!"

볼 것도 없이 왕직이었다. 그는 무명이 입궁하면 어떻게 알

앉는지 즉시 달려왔다. 중원 최고의 세작도 왕직보다는 한 수 아래이리라.

무명은 푸욱 한숨을 쉬며 침상에서 몸을 일으켰다.

어쨌든 왕직은 오지랖을 떨기는 해도 일 처리 하나는 최고였다. 수복화원을 깨끗이 단장한 것도 그의 공이 컸지 않은가.

그런 만큼 무명은 왕직을 무시할 수 없었다.

곧 왕직이 헐레벌떡 처소에 뛰어 들어왔다.

무명이 물었다.

"또 무슨 일이냐?"

"수로공이 찾으십니다!"

"수로공이 나를? 왜?"

"역시 아직 모르고 계셨군요! 허구한 날 궁 밖을 싸돌아다니니 아실 리가 없죠!"

"말이 심하구나."

무명이 지그시 노려보자 왕직은 실수를 깨닫고 침을 꿀꺽 삼켰다. 그러다가 사태가 심각한지 다시 입을 열었다.

"이번에 황태후께서 바깥나들이를 가신답니다! 그런데 황태후께서 직접 장 공공을 수행원으로 꼽으셨다고요!"

"뭐라고?"

"이럴 때가 아닙니다! 빨리 수로공을 뵈어야죠!"

이번에 왕직이 전한 소식은 확실히 큰일이었다. 중대함으로 따지자면 황상을 배알하던 것 다음이라고 할 수 있었다.

무명은 왕직과 함께 수로공을 만나러 갔다.

가는 도중에 왕직이 어찌 된 일인지 자초지종을 설명했다.

"황태후께서 수복화원을 산책하고 돌아가신 뒤 크게 기뻐하셨다고 합니다."

황태후는 나이가 들고 몸이 쇠약해져서 좀처럼 처소 밖으로 나오지 않았다. 그런데 새로 단장한 수복화원을 다녀간 다음 기분 전환이 되었는지 말수가 많아졌다는 것이었다.

"기운이 나신 황태후께서 직접 황상께 부탁을 했다는군요."

"무슨 부탁?"

"영왕을 보고 싶다면서 나들이를 가겠다고 하셨답니다."

"황태후께서 영왕을 보러 행차를?"

"네! 황궁이 발칵 뒤집어졌다고요!"

왕직의 말은 단순한 호들갑이 아니었다.

태후와 후궁은 함부로 내원을 나갈 수 없었다. 내원 밖으로 나갈 시에는 호위하는 금위군은 물론 환관과 궁녀가 반드시 옆을 지켜야 했다. 황궁에 있는 여인들은 황제의 여인이나 다름없었기 때문이다.

하지만 황궁에 있으면서도 황제의 여인이라 할 수 없는 자가 있었다.

바로 황태후였다.

황제는 황태후가 낳은 친아들은 아니었지만, 어머니는 어머니였다.

어머니가 손자인 영왕을 보고 싶다는데 아들 된 입장으로 막을 수는 없는 일이 아닌가?

사실 황태후가 손자를 보고 싶다면, 황제가 영왕을 황궁으로 부르면 그만이었다.

그런데 황태후의 나이가 문제가 되었다.

황태후는 고령이어서 평소 정신이 오락가락했다. 그런 황태후가 수복화원을 산책한 후 잠깐 제정신이 돌아온 것이다.

즉 손자를 보러 외출하고 싶다는 말이 황태후의 마지막 소원이 될지도 모르는 일이었다.

결국 황제는 고민 끝에 황태후의 청을 허락했다는 것이다.

왕직의 얘기를 들은 무명은 고개를 끄덕였다.

"황궁이 난리가 난 것도 당연하군."

"그걸 말이라고 하십니까!"

"황태후께서 나를 지목하신 이유는 아는가?"

"수복화원을 새로 단장하신 게 장 공공 아닙니까? 그날 이후로 장 공공이 황태후의 눈에 단단히 드신 게 틀림없습니다!"

왕직이 자기 일처럼 들뜬 목소리로 말했다.

둘은 내원에 도착했다.

수로공은 정혜귀비의 처소에 있었다. 귀비는 내원 건물이 불탄 사건 이후 다른 곳으로 처소를 옮긴 뒤였다.

무명과 왕직은 허리를 깊이 숙인 채 수로공의 말을 들었다.

"장량, 황태후께서 이번 행차에 너를 수행원으로 지목하셨다."

수로공의 목소리는 변함없이 음침했다.

"혹시라도 실수가 있었다가는 용서치 않을 것이니 그리 알아라."

"내리신 명을 깊이 새기겠습니다."

수로공은 한마디만 하고 등을 돌렸다.

왕직이 고개를 조아린 채로 중얼거렸다.

"이럴 거면 뭐 하러 부른 건지, 원."

그때였다. 막 처소로 들어가던 수로공이 발을 멈추더니 뒤로 돌았다.

왕직은 투덜거린 게 들킨 줄 알고 얼굴이 새파랗게 질렸다. 그런데 수로공은 왕직은 신경 쓰지 않고 무명을 보며 말했다.

"너 혼자서는 일이 힘들 것이다. 내가 사람 한 명을 보낼 테니, 함께 황태후를 모셔라."

말을 마친 수로공은 처소로 들어갔다.

왕직은 그제야 한숨을 쉬며 가슴을 쓸어내렸다.

"휴우, 죽다가 살아난 기분입니다."

"평소에 입조심 좀 해라."

둘은 큰일을 치른 듯 안도하며 내원을 나섰다.

무명이 왕직에게 물었다.

"최근 내원에 무슨 변고가 없었느냐?"

"변고요? 금시초문인데요?"

왕직이 고개를 갸웃거리며 대답했다.

"그러고 보니 며칠 전에 북문을 지키던 금위군들이 대폭 줄었습니다."

"뭐라고? 왜?"

"궁녀한테 들었는데, 북문의 금위군을 빼서 내원에다 배치했답니다."

"내원을 지키는 금위군의 숫자가 늘었다?"

"네. 요즘 북문 경비가 예전 같지 않습니다. 역적들이 들어와도 모르겠다며 다들 난리죠."

"알았다."

무명은 왕직과 헤어져서 처소로 향했다.

그는 발을 옮기면서 중얼거렸다.

"북문을 지키던 금위군으로 내원의 경비를 강화했다?"

그게 뜻하는 것은 하나였다. 최근에 내원에 무슨 일이 있었다는 증거였다.

"잠행조가 탈출에 성공했군."

지하 도시에서 흩어져서 팔 층 전각으로 향했던 잠행조.

장청, 당호, 남궁유, 송연화, 이강.

생사 불명이었던 그들은 팔 층 전각과 이어지는 예전 귀비 처소로 탈출한 게 틀림없었다. 금위군이 내원을 지키는 숫자를 늘린 것은 그 때문이리라.

문제는 잠행조가 소식 불명이라는 것이었다.

황궁을 나가지도 않았고 금위군에게 잡히지도 않았다면 그들은 지금 어디에 있다는 말인가?

무명은 생각에 잠긴 채 처소로 들어갔다.

그런데 누군가가 방에 있었다.

그자의 얼굴을 본 순간 무명은 침을 꿀꺽 삼키고 말았다.

"불청객이 허락도 없이 들어와서 미안하군."

금위군 총대장이자 무당파의 고수인 오상검 청성이 무명을 기다리고 있었던 것이다.

수로공을 만나고 돌아온 무명.

그런데 처소에서 무명을 기다리고 있는 자가 있었다.

바로 당금 금위군 총대장이자 무당파의 고수인 청성이었다.

무명은 깜짝 놀랐다. 하지만 곧 당황한 기색을 지우고 허리를 깊이 숙여 예를 표했다

"장량이 금위군 총대장님에게 인사드립니다."

"말도 없이 처소에 들어와서 미안하군."

청성의 굵고 나직한 목소리는 여전했다. 또한 일개 환관에게 미안하다며 예의를 갖추는 것도 변함없었다.

언뜻 대범하고 소탈한 기운을 풍기는 청성.

하지만 무명은 그의 목소리와 말투를 믿지 않았다.

청성은 사제 청일이 죽자 비로소 강호에 진면목을 드러냈다. 무당파가 청일의 죽음을 쉽게 넘겨 버리지 않을 것이라는 뜻이었다.

실제 청일을 죽인 자는 그림자, 즉 태자나 영왕 둘 중에 하나였다.

그러나 청일은 무명의 손에 죽은 것이나 다름없었다. 또한 자세한 사정을 아는 자도 무명이 유일했다.

과연 진상을 얘기하면 청성이 들어줄 것인가?

무명은 고개를 숙인 채 피식 웃었다.

'절대 그럴 리 없지.'

오히려 청일의 복수를 하는 것과 동시에 망자비서를 차지할 기회로 여길 것이 뻔했다.

무명이 천천히 고개를 들었다.

그의 얼굴은 어느새 웃음기가 싹 사라져 있었다. 그것도 모자라 황궁의 고관대작이 방문하자 어쩔 줄 모르면서 당황하는 일개 환관의 표정을 짓고 있었다.

"총대장님이 이런 누추한 곳에 어인 일이십니까?"

"확실히 검소한 방이군. 부총관태감쯤 되는 자의 처소라고는 믿기지 않는군."

청성이 고개를 돌려 방을 둘러보며 말했다.

"태자가 하사하신 친필을 걸어두었군."

"소신에게 지나친 광영이옵니다."

"그런데 저 그림은 무엇인가?"

청성이 반대편 벽을 가리키며 물었다. 무명은 태자의 친필이 있는 반대편에 학사의 책가도를 걸어두고 있었다.

"문화전의 학사가 선물한 책가도입니다."

"학사가 책가도를 주었다고?"

순간 청성의 눈빛이 번쩍 빛을 발했다.

"서책에 일일이 제목이 적혀 있다니, 희한한 책가도로군."

"서고 일을 하는 학사라 성정이 꼼꼼해서 그렇게 그린 것으로 압니다."

무명은 차분하게 대답했다.

하지만 속으로는 식은땀을 흘리고 있었다. 책가도의 서책 제목들이 실은 지하 도시의 지도라는 비밀을 숨겨야 했기 때문이다.

"확실히 학사답게 꼼꼼하게 그렸군."

"……"

다행히 청성은 더 캐묻지 않았다. 제아무리 시선이 예리해도 책가도의 비밀까지 알아차리는 것은 무리였다.

청성이 몸을 돌려 의자에 앉더니 말했다.

"앉게."

"제가 어찌 감히 총대장님 앞에……"

"괜찮으니 앉게."

더 이상 삼가는 것도 예의가 아니었다.

무명은 탁자를 가운데 두고 청성의 맞은편에 앉았다.

청성은 잠시 아무 말 없이 무명을 쳐다봤다.

그의 두 눈에서 시퍼런 안광이 은은하게 뿜어져 나왔다. 만약 앞에 있는 자가 강호의 일개 무사였다면 청성의 눈빛을 마주하는 것만으로도 참기 힘들 만큼 심장이 두근거렸으리라.

하지만 무명은 얼굴빛 한 점 달라지지 않고 태연했다.

그가 먼저 입을 열었다.

"누추한 태감 처소를 찾은 이유가 무엇입니까?"

"황태후께서 일주일 뒤에 황궁 밖으로 행차하시네."

청성이 단도직입으로 얘기했다.

"그런데 황태후께서 자네를 수행 환관으로 따로 지목하셨다는군."

"신하 된 몸으로 지나친 광영을 받아 몸 둘 바를 모르겠습니다. 한 점의 실수도 없이 황태후를 모실 것입니다."

무명의 말은 마치 과거 시험의 정답안 같아서 한 치의 빈틈도 없었다.

청성도 그걸 아는지 희미하게 미소를 지었다.

"과연 황태후의 은총을 받는 태감답군."

그때였다. 청성이 무심한 말투로 툭 던지듯이 말했다.

"실은 며칠 전에 황궁 곳간에 쥐새끼들이 숨어들었네."

"……!"

무명은 눈빛이 흔들릴 뻔하는 것을 가까스로 참았다.

금위군 총대장쯤 되는 자가 일개 환관에게 곳간 일을 상의할 리 없었다.

즉 곳간에 숨어든 쥐새끼들이 말하는 것은 하나였다. 곳간은 황궁의 내원이며, 쥐새끼들은 잠행조를 뜻하는 것이었다.

무명은 모든 사정을 깨달았다.

'잠행조는 지하 도시는 탈출했지만 결국 금위군에게 붙잡혔다.'

그가 도박장에서 주사위를 던지는 심정으로 물었다.

"쥐새끼들이 몇 마리였습니까?"

"모두 다섯 마리였네."

그 말에 무명은 속으로 안도의 한숨을 쉬었다.

지하 도시의 공터에서 헤어진 잠행조는 장청, 당호, 송연화, 남궁유, 이강으로 모두 다섯 명이었다. 청성의 말에 따르면 다섯 명 모두 죽지 않고 탈출에 성공한 것이었다.

나머지 잠행조는 무사했다.

그러나 문제는 따로 있었다.

'청성이 왜 그 사실을 말하는 것일까?'

무명은 청성의 눈빛을 보며 그의 속내를 알아차리려고 했다.

하지만 그의 두 눈은 안광이 새어 나오면서도 동시에 담담해서 진의를 조금도 짐작할 수 없었다.

그런데 뜻밖에도 청성이 속마음을 먼저 말했다.

"쥐새끼 다섯 마리야 죽여 버리면 그만이지. 그런데 마음에 걸리는 게 있더군."

"무엇입니까?"

"쥐새끼들이 하나같이 너무 어리다는 게 문제였네."

청성이 눈이 살짝 가늘어졌다.

무명은 그의 안광이 마치 자신의 얼굴을 꿰뚫고 지나가는 것 같은 기분을 느꼈다.

"아무리 미물이라고 해도 어린 쥐새끼들이 죽으면 부모 쥐들의 심정이 어떠하겠나?"

"확실히 그렇군요."

"그렇다고 쥐새끼들을 풀어줄 수도 없는 일이지."

"왜입니까?"

"무작정 쥐새끼들을 풀어준다면 죄 없는 곳간지기가 관리를 잘못했다며 문책을 받을 일이 아닌가?"

"우문현답이군요."

무명이 고개를 끄덕이며 대답했다.

이제 무명은 청성의 진의를 깨달았다. 그는 청성의 입장에 서서 사건을 정리해 봤다.

다섯 명의 잠행조는 무사히 지하 도시를 탈출했지만 경비가 삼엄한 내원을 도망치는 것은 무리였다. 결국 그들은 금위군에게 붙잡히고 말았다.

문제는 잠행조를 어떻게 처리하냐였다.

무단으로 황궁을 침입한 죄는 두말할 것도 없었다.

대역죄인.

금위군은 고문으로 잠행조의 입을 열어야 했다. 모든 것을 실토한 잠행조는 목을 베이는 참수형을 당하는 것은 물론, 삼족이 멸하는 벌을 받아야 마땅했다.

그러나 죄인들의 신분이 문제였다.

그들 중 네 명은 중원 명문정파의 자제이자 무림맹의 후기지수가 아닌가?

무림맹의 수장인 소림사와 제갈세가는 물론, 장청의 숭산파, 당호의 사천당문, 송연화의 곤륜파, 남궁유의 아미파와 남궁세가까지.

잠행조의 목숨과 명예에 걸려 있는 문파만 다섯이고, 세가가 둘이었다.

'청성은 고민에 빠졌겠군.'

무명의 짐작대로였다.

잠행조를 법대로 처형하자니 뒷일이 문제였다.

청성이 금위군 총대장인 동시에 무당파 소속이었기 때문이다.

내로라하는 명문정파의 후기지수 네 명을 무당파가 단칼에 목을 베었다? 그 즉시 무당파는 중원의 명문정파와 원수지간이 되리라. 그리고 피로 피를 씻는 복수극이 끝없이 펼쳐지리라.

청성은 금위군 총대장으로서 맡은 임무를 다했을 뿐이라고 항변할 수 있을 것이다.

하지만 누가 그 말을 믿어준다는 말인가?

결국 잠행조를 처형한다면 무당파는 수많은 명문정파와 영원히 척을 지게 되는 셈이었다.

청성이 잠행조의 처리를 결정하지 못하는 것도 당연했다.

무명이 물었다.

"쥐새끼들은 지금 어디에 있습니까?"

"곳간 주인이 알지 못하는 곳에 잠시 숨겨두었네."

무명은 청성의 일 처리가 용의주도하다고 생각했다.

'잠행조는 내원 어딘가에 감금되어 있겠군.'

청성은 잠행조를 붙잡아둔 것은 물론, 그들을 발견하고 싸운 부하들의 입을 단속했을 것이다. 안 그래도 경비가 허술한 북문의 금위군까지 내원으로 돌린 처사가 이해됐다.

"쥐새끼들이 다치지는 않았습니까?"

"모두 무사하네. 고양이를 풀어놨더니 쥐들이 겁을 먹고 바로 꼬리를 말더군. 딱히 소동은 벌어지지 않았네."

청성의 말뜻이 의미심장했다.

고양이는 청성 자신을 뜻하는 것이리라. 즉 청성이 직접 나서자 잠행조는 싸움을 포기하고 금위군에 투항했다는 뜻이었다.

청성과 금위군에 대항해서 싸웠다가는 정말 대역죄인이 될 테니까.

무명은 문득 궁금해졌다.

'장청이 투항하자고 결정했을까?'

그는 아닐 거라고 생각했다.

장청은 매사에 지나치게 고지식하고 판단이 느렸다. 그는 금위군에 맞서서 황궁을 탈출하는 방법을 끝까지 고수했을 것이다.

'그렇다면 순순히 투항하자는 계책을 꺼낸 자는……'

무명은 누구인지 알 것 같았다.

'이강이군.'

싸움에 앞서 승산을 계산하고 패배가 분명할 때 곧바로 뒤로 물러선다.

평생 남에게 굴복한 적 없이 자란 명문정파의 후기지수들은 쉽게 생각할 수 없는 방법.

네 명의 명문정파인과 한 명의 흑도인.

그러나 모두의 목숨을 구한 것은 흑도인의 냉정한 판단이었을 것이다.

무명이 잠깐 생각에 잠겨 있을 때, 청성이 말을 계속했다.

"그래서 자네를 찾아왔지."

"무슨 말씀이신지?"

"일주일 뒤 황태후께서 행차하실 때 쥐새끼들을 몰래 숨겨서 갈 생각이네."

"쥐새끼들을 풀어주려는 것입니까?"

"잘 아는군."

이어지는 청성의 말이 무명을 깜짝 놀라게 했다.

"자네가 쥐새끼들을 데리고 가서 넓은 들판에 놓아주게."

"……!"

무명은 침을 꿀꺽 삼키며 청성을 바라봤다.

황궁에는 보는 눈이 많다. 금위군, 환관, 궁녀는 물론, 정체를 가장하고 숨어 있는 세작들의 눈까지 합하면 셀 수 없을 정도이리라.

그들의 눈을 모두 피해서 잠행조를 놓아주는 것은 무리였다. 자칫하다가는 청성이 대역죄인을 풀어준 죄를 뒤집어쓸지도 모르니까.

무명은 이제 청성이 찾아온 이유를 알 수 있었다.

'나를 중개인으로 삼아서 잠행조의 신변을 건넬 생각이군.'

하지만 궁금한 게 있었다.

무명이 물었다.

"총대장님의 명이라면 마땅히 따라야지요. 그러나 굳이 제가 쥐새끼들을 맡아야 될 이유가 있습니까? 곳간에는 다른 하인들도 많지 않습니까?"

만약 청성이 그냥 금위군 총대장이었다면 불경죄를 물어도 꼼짝 못 할 말.

그러나 지금 청성은 강호인이나 다름없었다.

때문에 무명은 다시 한번 주사위를 던지는 도박을 감행한 것이었다.

그런데 청성의 대답이 무명을 깜짝 놀라게 했다.

"자네 말고는 사람이 없네."

"무슨 말씀이신지?"

"자네는 쥐새끼들과 한패가 아니네. 또한 곳간에 속한 하인도 아니지. 제삼자인 자네에게 쥐새끼들을 맡기는 게 당연하지 않은가?"

"……"

청성의 말은 정곡을 찌르는 것이었다.

쥐새끼들과 한패가 아니라는 것은 무명이 원래 무림맹 소속이 아니라는 뜻이었다.

더욱 놀라운 것은 그다음이었다.

곳간에 속한 하인이 아니다. 즉 무명이 환관을 가장하여 황궁에 숨어든 세작이라는 사실조차 짐작하고 있다는 뜻이었다.

제삼자.

청성은 무명의 정체를 속속들이 눈치채고 있었던 것이다.

그가 말을 계속했다.

"어떤가? 꽤 너그러운 처사가 아닌가?"

"과연 그렇군요. 한데 궁금한 게 있습니다."

"뭐지?"

"그들을 풀어주는 대가로 무엇을 요구하실 겁니까?"

이번에는 무명이 반대로 정곡을 찌르는 말을 던졌다.

그런데 청성의 대답이 뜻밖이었다.

"아무것도 없네."

"없다고요? 그 말씀을 믿으란 말입니까?"

"단지 고승과 서생에게 이것만 명심하라고 전해주게."

고승(高僧)은 소림사 방장 무혜를, 서생은 옥면서생 제갈성을 뜻하는 말이리라.

즉 청성이 무림맹의 두 수좌에게 전하는 말인 셈이었다.

"무당이 한번 양보했으니 다음번에 꼭 빚을 갚으라고."

"……."

무명은 침을 꿀꺽 삼켰다.

"알겠습니다."

"시간이 늦었군."

청성이 자리에서 일어났다. 그는 무명에게 나오지 말라는 뜻으로 손을 저으며 처소를 나가 버렸다.

무명은 청성의 등을 향해 고개를 조아렸다.

"살펴 가십시오."

그는 청성의 모습이 사라진 뒤에도 한참 있다가 천천히 고개를 들었다.

금위군 총대장쯤 되는 자가 허튼 말을 입에 담을 리 없었다.

하지만 무명은 청성의 말을 믿지 않았다.

"잠행조를 아무 대가 없이 풀어주겠다고?"

무명이 싸늘한 목소리로 중얼거렸다.

"지나가던 개가 웃을 소리로군. 무당이 한번 양보했으니 다음번에 반드시 빚을 받아낼 속셈이 아니신가?"

바야흐로 황궁에 폭풍이 다가오고 있었다.

무명의 처소에 혼자 찾아온 금위군 총대장 청성.

청성은 내원에 침입한 잠행조를 아무 조건 없이 풀어주겠다고 말했다.

그러나 무명은 그 말을 믿지 않았다.

그는 문득 이강의 말이 떠올랐다.

'적월혈영은 빚을 갚는다, 강호에서 모르는 자가 없는 말이지.'

이강은 자신이 진 빚은 절대 갚는다고 종종 말하고는 했다. 그게 은혜든 원한이든 간에.

청성은 무림맹으로부터 반드시 빚을 받아낼 것이 틀림없었다.

무명은 무심코 중얼거렸다.

"과연 그게 무엇일까?"

처음에는 청성이 망자비서를 내놓으라고 말하리라 생각했

다. 그런데 그는 아무것도 요구하지 않았다.

"무림맹이 망자비서를 얻은 사실을 모르는 것일까?"

그건 아닌 것 같았다.

무명의 정체를 환하게 꿰뚫어 본 청성이 그것조차 모를 리 없었다.

무명은 그의 진짜 속마음을 쉽게 짐작할 수 없었다.

그날부터 시간은 빠르게 흘러갔다.

무명은 부총관태감이 된 이후로 자질구레한 일은 왕직과 소행자를 시키곤 했다. 하지만 황태후 행차의 수행원이 된 이상 모든 일을 직접 해야 했다.

무명은 아침에 일어나기 무섭게 내원으로 달려갔다.

그리고 황태후 행차에 필요한 준비를 하나씩 처리했다.

얼마나 바쁜지 끼니도 깜빡 잊어버릴 정도였다. 뒷간에 갈 때도 뛰어갔다가 왔다.

당연히 황궁 밖으로 외출할 여유가 없었다.

그날 밤, 무명은 늦은 밤에 등불 밑에서 한 통의 서찰을 썼다. 청성과 나눈 얘기를 제갈성에게 전하기 위해서였다.

그는 이른 아침에 소행자를 불러서 심부름을 시켰다.

"이 서찰을 건네고 답장을 받아 와라."

무명은 소행자에게 제갈성과 정영 일행이 있는 비밀 처소를 상세히 설명했다.

"그럼 다녀오겠습니다."

얘기를 다 들은 소행자는 서찰을 들고 부리나케 달려갔다.

소행자가 돌아온 것은 점심 무렵이었다.

"그분이 서찰을 주셨습니다."

무명은 밥을 먹다 말고 서찰을 받았다. 그리고 아무도 없는 곳으로 가서 서찰을 읽었다.

서찰의 내용은 간단했다.

'무당파의 제안을 받아들이겠다고 전하시오.'

또한 무명에게 전하는 말도 있었다.

'황궁 행차라 무림맹이 가까이 접근하기 힘들 것이오. 우리는 금위군의 시선이 닿지 않는 곳에서 사태를 지켜보다가 일이 생길 경우 돌입하겠소. 잠행조의 안위를 당신에게 맡기오.'

제갈성의 서찰은 무명이 이미 어느 정도 짐작하고 있던 내용이었다.

무명은 생각했다.

'무림맹이 함부로 나설 수는 없겠지.'

황궁 행차에 강호인이 나섰다가 잘못되는 날에는 관의 적이 될 수 있었다.

강호의 문파가 관의 적이 되면 남는 일은 두 가지뿐이다. 관과 끝까지 싸우든가, 아니면 산서 벽력당처럼 중원 무림에 의해 제거되든가.

무림의 태산북두라 일컫는 소림사조차도 관과는 대적할 수 없었다.

황제는 곧 천자이니까.

즉 무림맹은 멀리서 잠행조가 무사히 풀려나기를 기다리는 것 외에 달리 할 일이 없었다.

주사위는 청성에게 넘어간 셈이었다.

무명은 청성이 아무 조건도 내걸지 않은 이유를 짐작할 수 있었다.

"무당파가 무림맹을 천천히 압박하려는 속셈이군."

그런데 아무리 생각해도 짐작하기 힘든 게 있었다.

잠행조를 황궁에서 빼내는 방법이었다.

황궁은 크게 외성(外城)과 내성(內城)으로 나뉘어졌다. 황제가 거하는 중요한 건물은 모두 내성 안에 있으며, 외성에는 주로 환관과 궁녀들의 거처가 있었다. 무명의 처소 역시 외성에 위치했다.

"잠행조가 외성에 있다면 아무 문제도 없었을 텐데."

귀비 처소가 불타 버린 사건 이후 금위군의 구 할이 내성을 지키고 있었다. 외성의 경비는 내성과 비교하면 없는 것이나 마찬가지였다.

문제는 잠행조가 불탄 귀비 처소로 탈출했다는 점이었다.

내원은 지금 황궁에서 가장 경비가 삼엄한 곳이 아닌가?

제아무리 청성이라도 수천 명이 넘는 금위군, 환관, 궁녀의 눈을 피해서 침입자를 몰래 빼내는 것은 불가능할 것이다.

아흔아홉 명을 포섭해도 단 한 명이 밀고하면 끝장이니까.

무명은 청성이 어떤 계책을 쓸지 궁금했다.

청성이 다녀간 지 삼 일이 지났다.

무명이 막 일어나서 아침을 먹고 있을 때 금위군 한 명이 처소로 왔다.

"총대장님께서 부총관태감을 찾으시오."

"나를? 잠깐 기다리시오."

무명은 급하게 손을 닦고 의관을 갖춘 뒤 금위군을 따라갔다.

금위군이 무명을 데리고 간 곳은 내원의 동쪽에 있는 한 건물이었다.

무명은 생각했다.

'설마 내원에 들어가는 것은 아니겠지?'

황궁의 내원에는 오직 세 종류의 인간만이 입장할 수 있었다.

환관, 궁녀, 그리고 황태후와 황후를 비롯한 황궁의 여인들.

엄청난 수의 금위군이 내원을 지키고 있었지만, 주로 외곽을 경비할 뿐 사내의 몸으로는 함부로 내원에 출입할 수 없었다.

물론 환관인 무명은 내원을 지나쳐서 통과할 수 있었다.

하지만 금위군은 그럴 수 없으니, 둘은 내원을 한참 돌아서 동쪽으로 가야 했다.

내원 동쪽은 무명도 처음 가보는 곳이었다.

지하 감옥에서 정신을 차린 뒤 꽤 오랜 시간을 황궁에서 보냈다.

하지만 황궁에는 아직도 무명이 모르는 장소가 남아 있는 것이었다.

무명은 그 사실이 어이없었다.

'지하 도시가 망자들의 미궁이라면, 황궁은 산 자들의 미궁이다.'

과연 어느 쪽이 더 어지러울까?

'내기를 한다면 후자 쪽에 걸고 싶군.'

금위군은 무명을 건물 뒤쪽으로 안내했다.

건물을 돌자 넓은 공터가 나왔다.

"여기서 기다리시오. 총대장님이 곧 오실 거요."

"수고하셨소."

금위군은 고개를 끄덕이며 예를 표한 다음 가버렸다.

그런데 공터를 향해 무심코 고개를 돌리는 순간 무명은 깜짝 놀라고 말았다.

공터 중앙에 거대한 구조물이 서 있었던 것이다.

'이 구조물은 설마……'

무명은 두 눈을 크게 뜬 채 구조물을 바라봤다.

구조물은 아직 미완성인지 뼈대와 틀이 나무로 되어 있으며 속이 텅 비어 있었다.

수많은 인부들이 목재를 나르며 뼈대를 세우고 있었다.

뼈대의 모양으로 볼 때 사람의 형상 같았다.

그런데 뼈대의 모습이 특이했다.

왼손은 배꼽 근처로 내리고 있는 반면 오른손은 팔을 구부려 손바닥을 펼치고 있었다.

무명은 구조물의 정체를 짐작했다.

'관음보살이군.'

구조물이 수인(手印)을 하고 있는 걸 보면 부처상이 분명했다.

게다가 태후와 후궁들이 있는 내원 옆에서 만들고 있으니, 부처상 중에서도 관음보살일 거라고 생각한 것이었다.

무명이 놀란 것은 구조물이 엄청나게 거대했기 때문이었다.

구조물의 둘레는 작은 정자만 해서 크게 놀랄 것이 없었다.

하지만 높이는 전혀 달랐다.

얼핏 봐도 구조물은 칠 장(丈)을 훌쩍 넘어 보였다.

웬만한 오 층 전각과 비슷한 높이. 관음보살이 서 있는 형상인 만큼 어찌 보면 당연했다.

그때였다.

등 뒤에서 누군가의 목소리가 들렸다.

"황태후께서는 평소 신심이 깊으시지."

무명은 깜짝 놀라 고개를 돌렸다.

금위군 총대장 청성이 어느새 바로 뒤에 서 있었다.

"이번 행차에 이 관음보살상을 가져가서 손자인 영왕께 하사하실 생각이시네. 자네가 보기에는 어떤가?"

"황태후께서 영왕뿐 아니라 많은 사람들에게 큰 광영을 내려주시겠군요."

"무슨 뜻인가?"

"설령 저택의 담장이 높다한들 관음보살상이 이처럼 크니 주위 사람 모두에게 은혜를 나누어주지 않겠습니까?"

"과연 그렇군."

청성이 고개를 끄덕였다.

그런데 이어지는 그의 말이 이상했다.

"하지만 부처도 성불하기 전에는 사람이었지. 부처라고 해서 겉만 보고 너무 믿지는 말게. 속은 다를지 모르니까."

청성은 그 말을 한 뒤 몸을 돌려 인부들에게 갔다.

무명은 청성의 말에 가시가 숨어 있다고 느꼈다.

"부처도 겉과 속은 다르다?"

처음 떠오른 생각은 소림사 방장이었다.

무혜는 중원 무림의 태산북두인 소림사의 방장일 뿐 아니라 현 무림맹의 맹주였다.

혹시 청성이 소림사 방장을 경계하라고 언질을 준 것인가?

"아니면 나와 무림맹 사이를 이간질하려는 것이오?"

무명이 청성의 뒷모습을 보며 중얼거렸다.

그때 문득 어떤 생각이 뇌리를 스쳤다.

'아니다! 청성의 말은 조심하라는 것도, 이간질하는 것도 아니다.'

무명은 고개를 돌려 관음보살상을 쳐다봤다.

높이는 칠 장에 둘레는 이 장을 훌쩍 넘는 거대한 관음보살상.

지금은 흉물스럽게 뼈대만 서 있지만, 완성된 관음보살상은 겉에 나무판을 대고 금칠을 하여 웅장한 모습으로 탈바꿈할 게 틀림없었다.

하지만 한 가지 바뀌지 않는 점이 있었다.

'속은 텅 비어 있을 것이다!'

돌을 조각하여 만든 불상이 아닌 만큼, 나무 뼈대의 속은 완성된 이후에도 비어 있을 게 분명했다.

부처도 겉과 속은 다르다. 무명은 그 말의 뜻을 깨달았다.

"잠행조를 관음보살상에 숨길 생각이군."

그랬다. 완성된 관음보살상은 잠행조 다섯 명이 충분히 들어가고도 남을 크기이리라. 청성은 속이 빈 관음보살상 안에 그들을 넣고 사람들의 눈을 피해 황궁을 나갈 생각이었던 것이다.

무명은 청성의 계책에 놀라면서 동시에 감탄했다.

"대단한 자군."

잠행조를 빼내는 것과 황태후의 행차는 아무 관계도 없었다.

하지만 청성은 두 가지 일에서 공통점을 찾아낸 것이었다.

청성은 단순히 무공이 고강한 무당파의 고수가 아니었다.

용의주도함.

바로 청성이 사제 청일과 다른 점이었다.

무명은 잠시 인부들이 나무 뼈대를 세우는 광경을 지켜보다가 처소로 돌아갔다.

그로부터 일주일 뒤.

드디어 황태후가 영왕을 보러 행차하는 날이 되었다.

이른 아침부터 황궁은 난리가 났다.

환관과 궁녀들은 정신없이 뛰어다녔고, 금위군은 황궁 밖으로 나가 사람들을 쫓으며 미리 행차 길을 만들었다.

무명 역시 눈코 뜰 새 없이 바빴다.

평소 무명은 가능한 한 검소한 의복을 걸치고 다녔다.

하지만 황태후를 바로 옆에서 모셔야 되는 만큼 금실이 수놓인 화려한 관복과 관모를 착용해야 했다.

관복은 장식이 많고 거추장스러워서 혼자서 입기 힘들었다.

소행자가 옆에서 관복 입는 시중을 들었다.

"이제 됐느냐?"

"아닙니다! 팔을 좀 더 들어보십시오!"

무명은 소행자와 한참을 씨름한 끝에 간신히 관복을 입는 데 성공했다.

"수고했다. 뒷정리를 부탁하마."

"부디 다치는 곳 없이 몸성히 다녀오십시오!"

무명은 서둘러서 내원을 향해 달려갔다.

내원에 도착하자, 이미 수많은 환관과 궁녀들이 운집하여 자리를 지키고 있었다.

또한 수백 명이 넘는 금위군이 삼엄하게 나열해 있었다.

미리 와 있던 왕직이 속삭이며 말했다.

"왜 이제야 오십니까?"

"사시(巳時)가 되려면 아직 멀지 않았느냐?"

"좀 더 일찍 오셔서 수로공의 눈에 띄셨어야죠! 수로공은 사람들을 둘러보고 벌써 황태후를 배알하러 가셨다고요."

무명은 할 말이 없어서 쓴웃음을 지었다.

수로공은 자신을 마뜩찮게 보고 있었다.

눈치 빠른 왕직이 그걸 모를 리 없었다.

그런데 수로공의 눈에 들기 위해 아첨을 하라고?

무명은 왕직의 속마음이 무엇일지 도무지 짐작이 안 됐다.

무명과 왕직이 돌바닥에 서서 한참을 기다렸을 때였다.

내원에서 환관이 가느다란 목소리로 외쳤다.

"황태후 마마 납시오!"

동시에 공터 주위를 경비하고 있는 금위군들이 방천극을 높이 들었다가 일제히 밑동으로 돌바닥을 내려쳤다.

떠엉!

환관과 궁녀들이 두 손으로 돌바닥을 짚으며 부복했다.

그리고 '황태후 마마 천세(千歲)'를 세 번 외쳤다.

그때였다. 내원 안에서 엄청난 굉음이 울려 퍼졌다.

쿠르르르르!

굉음이 얼마나 컸던지 귀가 멍멍해지는 것은 물론 돌바닥이 부르르 떨릴 정도였다.

곧이어 거대한 그림자가 공터에 드리워졌다.

마치 하늘에 먹구름이 뜬 것처럼 공터는 순식간에 어두워졌다.

그리고 거대한 관음보살상이 천천히 공터로 다가왔다.

사람들은 힐끔 시선을 올리다가 관음보살상의 위압적인 자태를 보고 침을 꿀꺽 삼켰다.

그러나 단 한 명, 놀라지 않고 의미심장한 눈빛으로 거상을 보는 자가 있었다.

바로 무명이었다.

'저 속에 잠행조가 있다!'

쿠르르르!

지축을 울리는 굉음의 정체는 관음보살상이 이동하는 소리였다.

내원 건물 사이에서 거대한 관음보살상이 돌아 나왔다.

살짝 고개를 들어 그 모습을 훔쳐보던 환관과 궁녀들이 자기도 모르게 탄성을 질렀다.

"아아아……."

며칠 전만 해도 흉물스럽게 뼈대만 있던 관음보살상은 어느새 유명한 사찰에 모셔진 불상처럼 탈바꿈되어 있었다.

나무 뼈대만 있던 관음보살상은 완성되자 더욱 거대하게 느껴졌다.

관음보살상의 표면은 한 치의 빈틈도 없이 금칠이 되어 있었다.

때문에 햇빛이 반사돼서 똑바로 쳐다보기 힘들었다.

발밑에는 큰 수레 두 대가 놓여서 관음보살상을 지탱하고 있었다.

굉음은 바로 수레바퀴가 돌바닥을 굴러가는 소리였다.

두 대의 수레를 끄는 것은 십여 마리의 말이었다.

말을 채찍질하며 다루는 시비만 해도 수십 명이 넘었다.

가히 눈을 뗄 수 없는 장대한 광경.

그런데 관음보살상에는 숨은 비밀이 있었다.

넓은 공터에 운집한 사람 중에 단 한 명, 무명만이 그 비밀을 알고 있었다.

무명은 생각했다.

'잠행조가 저 관음보살상 안에 있다.'

무명은 빠르게 눈을 굴려 관음보살상을 살폈다.

밀폐된 관음보살상 안에 사람을 넣었다가는 질식될 테니, 숨구멍이 뚫린 곳을 찾기 위해서였다.

하지만 금세 포기하고 말았다.

관음보살상이 워낙 거대했기 때문이다.

'하긴, 저만큼 덩치가 크니 텅 빈 속에 있는 공기만으로도 숨 쉬는 데 지장이 없겠군.'

문득 궁금한 게 있었다.

관음보살상 내부에 있는 잠행조는 편안한 자세로 바깥의 동정을 듣고 있을까?

아니면 손발이 묶인 채 감금되어 있을까?

'아마도 후자일 것이다.'

잠행조는 명문정파의 후기지수들인 만큼 청성이 죄인처럼 대했을 리는 없었다.

문제는 그중에 있는 한 명의 신분이었다.

'사대악인, 아니, 강호제일악인 이강.'

중원에서 사대악인으로 악명 높은 이강은 다른 잠행조와 달랐다.

만약 잠행조의 손발을 자유롭게 풀어주었다가 이강이 중간에 제멋대로 행패를 부리고 도망친다면?

'그러지 말라는 법도 없지.'

사고가 터지는 순간 청성은 죄인들을 숨겨서 빼낸 공범이 된다.

용의주도한 그가 위험을 감수할 리 없었다.

즉 잠행조는 자유를 구속당한 채 관음보살상 안에 감금되어 있으리라.

결국 그들의 무사 탈출은 무명의 손에 달린 셈이었다.

무명이 생각에 잠겨 있을 때였다.

두 눈이 휘둥그레지는 장면이 다시 한번 눈앞에 등장했다.

구르르르!

순간 무명은 자신의 눈을 의심했다.

전각 한 채가 통째로 관음보살상의 뒤를 따라서 이동하고 있는 것이 아닌가?

다시 보자, 전각이 아니라 거대한 가마였다.

옆에서 왕직이 목소리를 죽여 속삭였다.

"오늘 행차에 거마차까지 나올 줄은 몰랐습니다."

무명은 그 말을 듣고 고개를 끄덕였다.

거마차(巨馬車). 집채만큼 커다란 가마에 딱 어울리는 말이었다.

거마차의 밑에는 보통 크기보다 열 배 이상 거대한 수레가 있었다.

그리고 그 위에 거대한 가마가 얹혀 있었다.

거마차를 처음 본 사람은 누구나 건물이 움직이는 것으로 착각할 만한 크기였다.

수레 위에 있는 가마는 지붕이 여덟모가 난 팔각정(八角亭) 모양이었다.

튼튼한 나무 지붕은 물론, 여덟 개의 벽면은 바람을 막기 위해 두터운 가죽이 덧대어져 있었다.

또한 수레 밑에 달린 바퀴들은 잘 굴러가도록 기름칠이 흠뻑 되어 있었다.

거마차를 끄는 말들의 숫자도 관음보살상보다 족히 두 배 이상 많았다.

말 그대로 바퀴 달린 건물.

무명은 생각했다.

'저 정도 크기면 지하 도시에 들어가기 전에 잠행조 열 명이 한꺼번에 숙박해도 되겠군.'

뒤에서 궁녀들이 속삭이는 소리가 들렸다.

"이번 거마차는 특별히 안을 넓혔다면서?"

"거동이 불편하신 황태후를 위해서 수리했대."

무명은 궁녀들의 대화를 듣고 생각했다.

'역시 천하는 황제의 것이군.'

며칠 사이에 관음보살상과 거마차를 만드는 재력은 중원의 문파로서는 상상하기 힘든 것이었다.

구대문파, 오대세가, 그밖의 군소 문파와 흑도 무리 등등.

중원의 패권을 두고 경쟁하는 세력은 많았다.

하지만 어떤 문파도 황제만은 못했다.

강호인이 제아무리 세력이 강하다한들, 수십여 개의 문파가 난립해서 중원을 나눠 먹고 있는 것에 불과했다.

그러나 황제는 단 한 명이 아닌가?

중원 각지의 백성들이 바치는 세금만 해도 명문정파의 수입과는 비교가 안 될 게 뻔했다.

돈이 모이는 곳에 권력이 모이는 법.

무명은 관과 무림의 권력 차이를 새삼 실감했다.

황제가 가진 권력은 금위군에서도 느낄 수 있었다.

환관과 궁녀들은 연신 시선을 힐끔거리며 관음보살상과 거마차를 훔쳐봤다.

하지만 금위군들의 기강은 조금도 흐트러지지 않았다.

그들은 공터 양옆으로 늘어서서 길을 트고 있으면서도 눈을 돌리기는커녕 미동도 하지 않았다.

'정예 중의 정예군.'

눈앞의 금위군에 비하면 북문을 지키는 자들은 햇병아리 신병이나 다름없었다.

정예 금위군은 외관부터 위압적이었다.

그들은 도토리처럼 끝이 뾰족하게 쓴 투구를 쓰고, 양어깨에 용머리 모양이 붙은 갑주를 걸쳤다.

또한 전신의 갑주는 금칠이 되어 번쩍거렸다.

오른손에는 검과 도끼가 한데 붙어서 찌르고 베는 두 가지 공격이 가능한 방천극을 들었다.

왼쪽 허리에는 날이 넓고 휘어진 환도를 찼다.

마지막으로 등에는 강궁과 수십 발의 화살이 꽂힌 활 통을 메고 있었다.

무기와 갑주의 무게만 해도 상당할 터.

그러나 금위군의 발걸음과 몸동작에는 절도가 있었다.

문득 이강의 말이 떠올랐다.

'명문정파 놈들 셋이 금위군 하나를 못 당하지.'

무명은 이제야 황제가 가진 힘을 느낄 수 있었다.

실로 압도적인 위용이었다.

그런 정예가 눈앞에 수백 명이 넘게 열병해 있는 것이다.

무명이 중얼거렸다.

"정예 금위군이 수백 명이라니, 상당한 숫자군."

그런데 왕직이 기가 막히는 말을 했다.

"아직 내원에 사분의 삼이 남아 있습니다."

"뭐라고?"

무명은 혀를 내두르고 싶은 심정이었다.

정예 금위군 수백 명.

강호 문파 하나쯤은 하루 만에 멸문시키고도 남을 숫자였다.

그런데 눈앞의 금위군이 고작 전체의 사분의 일에 불과하다니?

"그럼 나머지 금위군은 어디 있는가?"

"내원을 지키고 있죠."

"황상은? 태자는?"

"아침에 황태후께 문안 인사를 드리고 내원에 계신답니다."

무명은 어이가 없었다.

어머니가 외출하는데 아들과 손자인 황제와 태자는 내원에 틀어박혀서 코빼기도 보이지 않는다.

게다가 금위군 사분의 삼은 여전히 내원을 지키고 있다.

황제가 얼마나 자기 생각만 하는지 알 수 있었다.

'혹시 친어머니가 아니라고 홀대하는 건가?'

무명은 대역죄에 해당하는 생각을 하며 쓴웃음을 지었다.

'아니면 천하의 겁쟁이든지.'

그때였다.

거마차 앞에 있는 환관이 외쳤다.

"장량은 앞으로 나오라."

무명은 왕직에게 눈짓으로 작별 인사를 한 뒤 몸을 일으켰다.

그리고 앞으로 걸어가서 거마차를 향해 부복하고 절을 했다.

"황태후 마마의 명이시다. 장량은 안으로 들라."

"명을 받들겠습니다."

무명이 다시 몸을 일으켰다.

바로 앞에서 보니 거마차는 더욱 크고 화려해 보였다.

마치 고급 객잔인 대명각의 정자 하나를 그대로 갖다 놓은 것 같았다.

환관 둘이 거마차의 옆에 달린 문짝을 좌우로 열었다.

처억!

거마차의 내부가 모습을 드러냈다.

무명은 하마터면 입을 크게 벌리는 불경죄를 저지를 뻔했다.

거마차 안은 그야말로 별천지였다.

천장과 벽에는 한기를 막을 수 있도록 두터운 가죽이 둘려져 있었다.

바닥에는 솜을 얹고 붉은 비단 천을 덮어서 맨발로도 걸을 수 있게 했다.

그밖에도 침상, 탁자, 의자 등 가구들이 들어차 있었다.

거마차는 안에서 며칠 동안 지내도 불편할 게 없어 보였다.

내부에는 황태후와 얼굴을 본 적 없는 환관 하나, 그리고 황태후를 모시는 궁녀 몇 명이 있었다.

황태후는 침상에 비스듬히 앉아 있었다.

"왔니? 들어오너라."

"황태후 마마, 장량이옵니다."

무명은 거마차 안으로 들어가서 재차 황태후에게 절을 했다.

"이리 와서 앉거라."

"예, 마마."

무명은 허리를 숙인 채 조심해서 몸을 옮겼다.

그리고 궁녀가 마련해 준 자리에 앉았다.

순간 의자가 위아래로 살짝 뜨며 흔들렸다.

덜컹.

거마차가 출발한 것이었다.

하지만 일단 바퀴가 굴러가자 더는 진동이 느껴지지 않았다.

마치 집 안에 있는 것처럼 편안했다.

황태후가 자상한 목소리로 말했다.

"수로공이 사람을 하나 더 보내주었다. 기특하기도 하지."

무명은 수로공이 일부러 불러서 한 말이 떠올랐다.

'내가 사람을 한 명 보낼 테니, 함께 황태후를 모셔라.'

황태후의 옆자리에 앉아 있는 환관이 인사했다.

"처음 뵙는군. 우수전이라 하오."

"장량입니다."

무명은 목례를 한 다음 고개를 들어 상대를 쳐다봤다.

우수전(雨水田)이란 환관의 얼굴은 여자보다 더욱 곱상했다.

그는 눈썹은 짙고 입술은 붉었는데, 흰 얼굴에 분 화장을 해서 살결이 백옥처럼 눈부셨다.

환관만 아니라면 숱한 여인들의 마음을 빼앗을 미남자였다.

아니, 여장을 하면 사내마저 홀릴 듯한 미모였다.

특히 관모와 관복은 핏빛처럼 붉은색에 금실을 수놓아서 무척 화려했다.

만약 모르는 이가 본다면 거마차에서 가장 지위가 높은 자를 황태후가 아니라 우수전으로 착각할 만한 차림새였다.

우수전이 말했다.

"나는 장 공공처럼 사례감에 있지만 동시에 내서당 소속이기도 하오. 그동안 얼굴을 마주칠 일이 없었던 이유는 그 때문이오."

내서당(內書堂)은 환관을 가르치는 학교다.

혼자 환관이 된 자들은 황궁이라는 조직 사회에서 살아남아야 했다.

하지만 내서당 출신 환관들은 달랐다.

그들은 서로 연줄을 만들어서 황궁을 좌우하는 힘을 길렀다.

즉 무명과 우수전은 같은 품계지만 실제 황궁 내의 지위는 하늘과 땅만큼의 차이가 있는 셈이었다.

무명은 예의를 갖추듯이 고개를 조아리며 생각했다.

'수로공이 심복을 심어놨군.'

벼락출세한 것도 모자라 황태후에게 수행원으로 지목된 무명.

수로공은 황태후 옆에 심복을 두어서 무명의 세가 높아지지 않도록 견제할 속셈이었으리라.

그런데 무명의 추측은 오판이었다.

우수전이 말을 이었다.

"또한 사례감에서는 병필부에 있소. 흔히 동창이라고 하지."

"······!"

무명은 침을 꿀꺽 삼켰다.

사례감의 병필부는 제후와 관리들의 역모와 비리를 조사하는 일을 했다.

또한 혐의가 무거우면 금위군과 연계하여 용의자를 잡아들일 수도 있었다.

황제의 오른팔 격으로, 대역죄인을 체포하고 심문하는 환관 조직.

그들이 바로 동창(東廠)이었다.

동창은 중원의 고관대작이 가장 무서워하는 자들이었다. 동창에게 잘못 보였다가는 언제 누명을 쓰고 대역죄인이 될지 모르기 때문이었다.

동창에는 해마다 중원 각지의 관리들이 바치는 뇌물이 산더미처럼 쌓였다.

재물이 쌓이면 권력도 높아지는 법이다. 강호의 명문정파나 유명세가도 당금 동창의 위세에는 감히 대적할 엄두를 못 냈다.

우수전이 동창 소속이라는 것을 알게 되자, 그의 얼굴이 새삼 다르게 보였다.

무명은 그의 시선을 마주하며 생각했다.

'수로공의 심복? 아니다.'

우수전은 단순한 수로공의 수하 환관이 아니었다.

청일이 죽자 진짜 실력자인 청성이 나타난 것처럼, 우수전 역시 황궁을 장악하고 있는 배후의 실세일지도 몰랐다.

그때였다.

우수전의 말이 날카로운 비수처럼 무명에게 날아왔다.

"장 공공은 서책을 좋아해서 문화전의 서고 일을 스스로 맡았다고 들었는데?"

"예, 들으신 대로입니다."

"특별히 아끼는 서책이 있소? 한 권 선물받고 싶군."

"……."

무명은 우수전의 눈빛에서 그의 속셈을 읽을 수 있었다.

특별히 아끼는 서책을 넘겨라.

그리하면 목숨은 살려주겠다.

'망자비서를 넘기라는 소리군.'

청성이 수풀 속에서 몸을 일으킨 호랑이라면, 우수전은 굶주려서 침을 흘리는 늑대였다.

4장.

동창의 늑대

청성이 호랑이라면 우수전은 늑대였다.

황제를 대신해서 대역죄인을 체포하는 환관 조직 동창.

우수전은 중원의 관리들이 이름만 들어도 벌벌 떨며 잠을 설친다는 동창이었다.

무명은 처음에 우수전이 수로공의 수하일 거라고 생각했다.

무명의 벼락출세를 기피하는 수로공이 자기 심복을 행차에 넣어서 무명을 견제하는 것이라 짐작했다.

그러나 착각이었다.

우수전을 보낸 자는 수로공보다 훨씬 더 권력의 상층에 있는 자이리라.

과연 그가 누구일까?

무명은 궁금했다.

'설마 황제가 우수전을 보낸 것인가?'

무명은 정혜귀비를 구한 일로 부총관태감에 오르면서 단한 번 황제를 배알했다.

혹시 그때 황제가 무명의 정체를 의심하고 줄곧 눈여겨보았다는 말인가?

'그럴 가능성도 없다고 할 수는 없다.'

무명은 침을 꿀꺽 삼켰다.

황제의 오른팔 격인 동창이 무명을 감시하러 나섰다.

황제가 직접 지시하지 않았더라도 적어도 황궁을 장악하고 있는 배후의 실세가 모습을 드러냈다는 뜻이었다.

이번 황태후 행차의 목적은 청성으로부터 잠행조를 무사히 돌려받는 것이었다.

그러나 무명은 한 가지 목적이 더 추가되었다고 느꼈다.

'내 목숨부터 무사히 해야겠군.'

우수전은 턱을 살짝 치켜든 채 무명을 응시하고 있었다.

시선은 사람을 아래로 내려다보는 듯하고, 눈빛은 비수처럼 날카로웠다.

마치 지하 도시의 한빙석 방에 들어간 것처럼 소름 끼치는 눈빛이었다.

우수전이 수로공의 수하가 아니라는 증거는 또 있었다.

그가 망자비서를 언급했기 때문이었다.

"왜 대답이 없소? 특별히 아끼는 서책을 한 권 달라는데?"

"……."

"대답이 없는 걸 보니 서책이 무척 귀중한가 보군?"

우수전이 입꼬리를 말아 올리며 미소를 지었다.

피에 굶주린 늑대의 미소.

우수전이 말하는 특별히 아끼는 서책이란 망자비서가 틀림없었다.

수로공은 무명이 출세하는 것을 꺼렸을 뿐 지금까지 망자비서는 한 번도 언급한 적이 없었다.

그런데 우수전은 처음 얼굴을 대면하자마자 망자비서를 내놓으라고 겁박하고 있는 것이다.

'수로공의 수하가 아니라는 증거다.'

어쩌면 수로공이 우수전을 황태후에게 소개한 것이 아니라, 우수전이 수로공에게 압력을 넣어 그렇게 만들었을지도 몰랐다.

거마차는 두터운 가죽을 대어 바람을 막아 안방에 있는 것처럼 따뜻했다.

하지만 무명은 등줄기에 한기가 느껴졌다.

침음하던 무명이 입을 열었다.

"마침 귀중한 서책 한 권이 손에 들어왔는데 우 공공의 마음에 드실지 모르겠군요."

"무엇이오?"

"두공부집입니다."

무명은 등에서 식은땀을 흘리면서도 표정은 짐짓 태연함을 유지하며 대답했다.

"황궁에 돌아가면 곧바로 드리겠습니다."

"……."

이번에는 우수전이 입을 다물고 침음했다.

두공부집(杜工部集)은 북송 때 왕수가 편찬한 두보의 시집이었다.

총 이십 권의 방대한 두공부집에는 일천사백여 편의 두보 시가 수록되어 있었다.

두보는 시성(詩聖)으로 이름 높으며, 사람들은 그의 시를 즐겨 읊었다.

즉 무명은 우수전이 망자비서를 내놓으라고 협박하자 두공부집을 들먹이는 것으로 모르는 척 발뺌한 것이었다.

"이번에 오래된 두공부집을 손에 넣었습니다. 하지만 저보다 우 공공이 시집의 진가를 더 잘 알아보실 테니 기꺼이 드리겠습니다."

"두공부집을 내게 주겠다고?"

"예."

우수전이 사나운 눈빛으로 무명을 노려봤다.

하지만 무명은 조금도 굴하지 않고 미소로 맞받아쳤다.

곧 우수전이 피식 웃으며 말했다.

"두공부집? 그래, 가장 좋아하는 시가 무엇이오?"

"병거행입니다."

무명은 머릿속에 떠오르는 시를 대답했다.

"마침 수레바퀴는 덜커덩거리고 말은 히히힝 울고 있군요."

두보의 병거행(兵車行)이란 시는 '거린린(車轔轔) 마소소(馬蕭蕭)'라는 구절로 시작한다.

여기서 린(轔)은 수레바퀴 소리를, 소(蕭)는 말 울음소리를 뜻했다.

즉 무명은 지금 수십 마리의 말이 거마차를 끌고 있는 상황을 빗대어 말한 것이었다.

우수전이 뜻밖이라는 표정을 지었다.

"제법 글공부를 했나 보군."

"과찬이십니다."

무명은 그의 칭찬에 고개를 조아렸다.

그러다가 한마디 덧붙였다.

"또한 병거행에는 '현관급색조'라는 구절도 있지요."

그 말에 우수전의 두 눈에서 시퍼런 안광이 쏟아졌다.

현관급색조(縣官急索租)는 현의 관리들이 급히 세금을 찾는다, 라는 뜻이었다.

동창은 중원 각지의 관리들이 바치는 뇌물이 산더미처럼 쌓인다는 소문이 도는 곳이다.

무명의 말은 병거행 시의 구절을 빌려 동창을 비판한 것이었다.

우수전을 앞에 두고 동창을 비판한 무명.

즉 무명이 선전포고를 한 것이었다.

'망자비서를 원하신다고? 실력이 있다면 갖고 가보시지.'

우수전의 눈빛은 무명의 얼굴을 꿰뚫을 것처럼 날카로웠다.

하지만 무명은 희미한 미소를 머금은 채 시선을 피하지 않았다.

곧 우수전이 싱긋 미소를 지었다.

"고맙군. 두공부집은 소중히 보관하겠소."

"저야말로 광영입니다."

우수전은 더는 캐묻지 않고 말을 돌렸다.

아무리 고령인 황태후의 귀가 멀었다지만 앞에서 대놓고 무명을 겁박하는 데는 한계가 있었던 것이다.

그때였다.

덜컹!

갑자기 거마차가 위아래로 진동했다.

대로를 일직선으로 가던 거마차가 왼쪽으로 방향을 튼 것 같았다.

무명은 영문을 알 수 없었다.

원래 태자와 영왕의 저택은 황궁의 대로를 따라 남쪽으로 삼십 리 떨어진 곳에 있었다.

두 저택은 대로를 중심으로 해서 좌우 양옆에 멀찍이 위치했다.

북경에서 황궁 다음으로 크고 으리으리한 저택들이었다.

그러다가 태자 책봉이 끝난 뒤에 태자는 황궁으로 처소를 옮겼다.

황궁에 머무를 수 없는 영왕은 그대로 저택에서 살았다.

그런데 지금 거마차가 영왕의 저택이 있는 남쪽이 아니라 동쪽으로 방향을 튼 것이었다.

황태후가 말했다.

"장량은 몰랐니? 아방(阿莠)이 오늘 주작호에 있는 별장으로 모시겠다고 연락했다더라."

황태후는 영왕도 '아'를 붙여서 애칭으로 불렀다.

우수전이 덧붙이며 말했다.

"영왕께서는 태후 마마께 이번에 지은 별장을 구경시켜 드리고 싶어 하오. 때문에 저택이 아니라 친히 별장으로 태후 마마를 모시는 것이오."

무명은 어떻게 된 일인지 깨달았다.

주작호(朱雀湖)는 북경의 남동쪽에 있는 호수였다.

거마차가 왼쪽으로 방향을 튼 것은 대로를 떠나 주작호로 가기 위해서였다.

"주작호는 공기가 맑고 물이 깨끗하다며 아방이 꼭 오라고 재촉하는구나."

황족의 행차 일정은 쉽게 바뀔 수 있는 게 아니었다.

하지만 할머니가 손자를 보러 가겠다는데 누가 말릴 것인가?

게다가 그 손자가 당금 세력이 하늘을 찌를 듯이 높아지고 있는 영왕이라면?

무명이야 행차가 저택으로 가든 주작호로 가든 상관없었다.

그러나 문제가 있었다.

'잠행조를 빼내는 데 차질이 생기겠군.'

행차가 영왕 저택에 머무는 것과 주작호 별장에 머무는 것은 천지 차이였다.

하지만 곧 생각이 달라졌다.

'어쩌면 일이 더 쉬워질지도 모른다.'

영왕 저택에 머물면 금위군이 담장 주위를 빙 둘러서 경계를 설 것이다.

반면 별장은 경우가 달랐다.

제아무리 수백 명이 넘는 금위군이라 한들 드넓은 호수 주위를 몽땅 지킬 수는 없는 일이 아닌가.

주작호는 반나절이면 충분히 갈 거리였다.

하지만 황태후 행차로는 꼬박 하루를 가야 도착할 것 같았다.

관음보살상과 거마차의 속도가 그냥 말을 타는 것보다 훨씬 느렸기 때문이다.

행차는 황궁에서 이어진 대로를 떠나 동쪽으로 방향을 틀었다.

그동안 거마차는 평지를 지나는 것처럼 흔들림 없이 이동했다.

하지만 대로를 벗어나서 길이 거칠어지자 바퀴의 진동으로 바닥이 조금씩 튕겨 올랐다.

투웅, 투웅, 투웅.

그때였다.

우수전이 황태후를 보며 말했다.

"태후 마마, 심심하지 않으십니까?"

"조금 적적하긴 하구나."

"저와 장량이 태후 마마를 위해 놀이 한판을 벌여보면 어떻겠습니까?"

"놀이라고? 재미있겠구나. 해보아라."

무명은 우수전의 말이 뜬금없었다.

환관이 황태후를 위해 여흥을 준비하는 것은 당연했다.

하지만 무명에게 아무런 말도 없이 갑자기 끌어들이니, 도무지 영문을 알 수 없었던 것이다.

우수전이 궁녀에게 말했다.

"판과 기물을 가져오너라."

궁녀 하나가 옥으로 만든 판과 통을 갖고 와서 탁자 위에 놓았다.

우수전이 통의 뚜껑을 열어 판 위에 뒤집었다.

그러자 옥을 깎아서 만든 동그랗고 납작한 모양의 기물이 쏟아졌다.

촤르르르!

가로세로로 금이 새겨진 판과 총 서른두 개의 말.

바로 장기(將棋)였다.

"장기를 두겠다는 거니? 아문은 장기를 좋아했지만 난 조금 어렵더구나."

무명은 황태후의 말에 귀가 번쩍 트였다.

황태후의 입에서 또 '아문'이 나왔다.

이번에는 아문에 대한 실마리가 한 가지 추가되었다.

'장기를 좋아한다.'

과연 그는 누구일까?

우수전이 고개를 조아리며 말했다.

"황태후께서 장기를 좋아하시지 않는다면 암기는 어떻습니까?"

"암기는 좋지! 한판 두어보려무나."

황태후는 암기를 무척 좋아하는지 발갛게 상기된 얼굴로 목소리를 높였다.

암기(暗棋)는 판에서 가로 네 칸과 세로 여덟 칸에 해당하는 부분만 사용하는 장기의 변형 놀이였다.

암기의 규칙은 다음과 같았다.

서른두 개의 말을 모두 뒤집어서 섞은 다음 서른두 칸의 전장에 놓는다.

선공 후공은 차례대로 말을 하나씩 뒤집는다.

그때 나온 말의 색깔이 자신의 색이 된다.

자기 차례가 오면 뒷면이 보이는 말을 하나 뒤집거나, 이미 뒤집힌 자기 말을 움직일 수 있다.

말들은 가로세로로 한 칸밖에 못 움직이며, 계급에 따라 다른 말을 잡거나 죽거나 한다.

그렇게 해서 상대편 말을 모두 잡으면 승리하는 놀이였다.

암기란 어두운(暗) 장기(棋)란 뜻이다.

뒤집혀 있는 말이 무엇인지 알 수 없기 때문이다.

암기는 승부가 운에 크게 좌우했다.

황궁의 궁녀들은 복잡한 전략이 필요한 장기보다 암기를 즐겨 하곤 했다.

우수전이 황태후에게 말했다.

"암기는 본래 말을 모두 잡아야 끝나나, 이번 판은 상대편의 수장(帥將)을 잡으면 이기는 것으로 하겠습니다."

"그것도 재미있겠구나."

무명은 조용히 있었다.

황태후와 우수전이 얘기하는데 끼어들 지위가 아니니까.

그런데 우수전이 무명을 보며 말을 잇는 것이었다.

"그냥 하면 재미없으니 장량과 내기를 할까 합니다. 장 공공, 내가 이기면 두공부집 말고 다른 서책을 선물하시오. 어떻소?"

"아주 재미있겠구나! 누가 이길지 궁금하구나!"

황태후는 어린아이처럼 손뼉까지 치며 좋아했다.

물론 무명은 거절할 명분도 힘도 없었다. 그가 고개를 조아리며 말했다.

"그럼 제가 이기면 우 공공은 무엇을 주시겠습니까?"

"글쎄, 무엇을 걸까?"

우수전이 고개를 갸웃거리더니 대답했다.

"다음에 장 공공이 난처한 일에 빠졌을 때 내가 한 번 도와주겠소. 물론 내가 이겨서 서책을 선물받더라도 도와줄 것이오."

"둘의 사이가 좋은 걸 보니 흐뭇하구나."

황태후가 웃으며 말했다.

하지만 무명은 우수전의 말에 숨은 속뜻을 눈치챘다.

'죽이지 않고 목숨은 살려주시겠다?'

둘의 눈빛이 교차하며 불꽃을 튀겼다.

"시작합시다."

무명과 우수전은 서른두 개의 말을 뒤집어서 섞은 뒤 마구 잡이로 판 위에 올렸다.

"우 공공이 선공을 잡으시지요."

"그럼 사양하지 않겠소."

장기짝은 색깔에 따라 두 편으로 나뉜다.

적색 말은 수(帥)가, 청색 말은 장(將)이 대장이다.

암기는 장기와 달리 두 색깔의 말을 섞어서 놓는다.

때문에 처음에는 자신과 가까운 판에 놓인 말을 뒤집는 게 보통이다.

그런데 우수전은 손을 뻗더니 대뜸 무명 쪽 판의 말을 뒤집는 것이었다.

우수전이 뒤집은 말을 판 위에 놓았다.

탁!

그가 뽑은 말은 장기라면 가장 강할 테지만 암기에서는 중간 정도의 계급인 거(俥)였다.

"장 공공 차례요."

무명도 손을 뻗어 말을 하나 잡았다.

그때였다.

부르르르!

무명이 잡은 말이 마치 살아 있는 것처럼 진동했다.

무명은 수십 개의 바늘이 손가락끝을 찌르는 고통을 느꼈다.

우수전이 말을 놓으며 판에 내공을 주입해 놓았던 것이다.

우수전이 손을 뻗어 무명 쪽에 있는 말을 뒤집었다.

상대의 마음을 불편하게 하는 심리전.

하지만 무명은 조금도 동요하지 않고 속으로 비웃었다.

'어차피 한 판의 암기일 뿐이다. 차라리 암기(暗器)라도 날리시지?'

우수전이 장기짝을 사천당문의 암기처럼 쓸 수는 없었다.

또한 말에 독을 묻혔을 가능성도 없었다.

황태후의 앞에서 잘못 일을 벌였다가는 대죄를 모면할 수 없을 테니까.

그런데 우수전의 속셈은 따로 있었다.

무명이 집는 순간 말이 부르르 진동했다.

우수전이 말을 놓으며 판에 내공을 불어넣었던 것이다.

"……!"

무명은 터져 나오는 신음을 간신히 참았다.

그는 하마터면 말을 놓칠 뻔했다.

마치 수십여 개의 바늘로 손가락끝을 마구 찌르는 것 같았다.

무명은 간신히 말을 뒤집어서 판에 놨다.

그가 뽑은 말은 졸(卒)이었다.

황태후가 말했다.

"수전이 적색, 장량이 청색이구나."

우수전과 무명이 차례대로 적색, 청색을 뽑음으로 해서 둘의 색이 결정된 것이었다.

"이번에는 내 차례로군."

우수전이 무명이 방금 뽑은 졸 바로 옆에 있는 말을 뒤집었다.

암기에서 병(兵)과 졸(卒)은 가장 약한 계급이다.

만약 무명의 졸 옆에서 우수전의 말이 나온다면 적어도 병졸 이상일 가능성이 높으니, 최하위 계급인 졸은 아무것도 못 해보고 죽는 운명이 되는 것이었다.

아니나 다를까, 우수전이 뒤집은 말은 마(傌)였다.

황태후가 아쉬워하며 말했다.

"불쌍하구나. 장량의 졸은 나오자마자 죽겠네."

"전쟁터에서 병졸의 임무는 수장을 지키는 것입니다.

너무 심려 마시지요."

우수전이 황태후에게 아첨을 한 뒤 말을 판에 놓았다.

떠엉!

옥과 옥이 부딪치는 소리가 귀청을 찔렀다.

소리는 그다지 크지 않았다.

하지만 옥을 깎아 만든 작은 말로 낸 소리라고는 믿을 수 없을 만큼 맑고 또렷했다.

우수전이 이번에 말에 실은 내공이 먼저보다 훨씬 고강하다는 뜻이었다.

그가 무명을 보며 말했다.

"장 공공 차례요."

"······."

무명은 침을 꿀꺽 삼킨 뒤 말 하나를 잡았다.

손가락이 말에 닿는 순간 시뻘겋게 달궈진 부지깽이를 잡는 것 같았다.

무명은 이를 악다물며 말을 뒤집었다.

이번에 나온 말은 포(砲)였다.

포는 한 칸을 건너뛰면서 모든 말을 잡을 수 있었다.

하지만 그냥 전후좌우로 한 칸만 움직여서는 아무 말도 잡을 수 없었다.

즉 어떤 말보다 강하지만 힘 한번 못 쓰고 죽을 때도 많은 말이었다.

지금 같은 경우가 바로 그랬다.

무명의 포는 사방으로 두 칸 범위의 말이 아직 뒤집지 않은 것들뿐이었다.

아무리 강하다 한들 아군인지 적군인지 모르는 말을 잡을 수는 없는 일이다.

황태후도 그걸 깨닫고 말했다.

"장량이 뽑은 포가 불쌍하구나."

"전쟁터에서 포는 후반에 큰 위력을 발휘합니다. 지켜보시지요."

우수전이 위로하듯이 말했는데, 무명은 그런 말투가 오히려 거슬렸다.

그가 자신의 마로 무명의 졸을 잡았다.

"태후 마마, 졸 한 명을 잡았습니다."

"잘했다. 상을 줘야겠구나. 우 공공에게 당호로를 내리거라."

당호로(糖葫蘆)는 송나라 광종 때 만들어진 간식이다.

광종은 사랑하는 황귀비가 병에 걸려 음식을 먹지 못하자 설탕을 녹인 다음 산사나무 열매에 묻혀서 먹였다.

달고 새콤한 당호로를 먹은 황귀비는 입맛이 돌아왔다고 한다.

이후로 당호로는 황궁의 여인들이 가장 즐기는 간식이 되었다.

우수전이 당호로를 씹으며 무명을 지그시 응시했다.

그의 두 눈에는 비아냥이 잔뜩 담겨 있었다.

다음 차례는 무명이었다.

이번 역시 말에 강한 내공이 실려 있었다.

무명은 진땀을 흘리며 말을 뒤집었다.

재차 우수전의 차례가 왔다.

그런데 우수전은 먼저처럼 무명의 말 바로 옆에 있는 말을 뒤집는 것이었다.

무명의 말은 계급이 세 번째로 높은 상(象)이었다.

하지만 우수전의 말은 계급이 두 번째로 높은 사(仕)였다.

황태후가 어린아이처럼 박수를 치며 좋아했다.

"수전이는 복도 많구나! 딱 한 계급 높아!"

"하늘이 황상과 태후 마마께 내린 홍복에 비하겠습니까?"

우수전은 계속해서 무명이 뽑은 말의 바로 옆 말을 뒤집었다.

그런데 결과가 신기했다.

우수전이 뒤집는 것마다 무명의 말보다 딱 한 계급이 높은 말만 나오는 것이었다.

황태후는 연속되는 대박이 신기한지 크게 기뻐했다.

우수전이 황태후가 내리는 당호로를 다섯 개째 먹었을 때, 무명은 단 하나의 당호로도 먹지 못했다.

즉 순식간에 무명의 말이 다섯 개 죽은 것이었다.

"신기하구나! 참으로 신기해!"

그러나 무명은 황태후와 생각이 달랐다.

'이건 운이 좋은 게 아니다.'

암기의 말은 마구잡이로 섞은 다음 뒤집어서 놓는다.

자신의 말을 뽑는 확률은 이분지 일에 불과했다.

그런데 우수전은 연속으로 다섯 번 자기 말만 뒤집은 것이었다.

그것도 무명의 말보다 딱 한 계급 높은 말들만.

'속임수를 썼군.'

무명은 마작꾼들이 도박장에서 쓰는 수법이 떠올랐다.

솜씨 좋은 사기꾼은 뒤집기 전에 모든 패의 위치를 머릿속에 기억해 놓는다.

패를 아무리 섞어도 그들은 패의 위치를 절대 잊어먹지 않는다.

뒤집힌 패가 모두 무엇인지 아는 사기꾼에게 마작에서 이기는 것은 불가능했다.

'암기 말을 몽땅 외워 버렸군.'

하지만 때는 이미 늦었다.

이제 와서 우수전에게 속임수를 썼다며 무효라고 항의할 수는 없었다.

더군다나 황태후의 면전에서 하는 놀이가 아닌가?

우수전이 의미심장한 말을 했다.

"지금부터 본격적인 전투요."

무명은 영문을 알 수 없었다.

말 다섯 개를 꿀꺽 먹어 치울 때는 언제고 이제 와서 전투가 시작된다는 말은 무엇인가.

우수전이 새 말을 뒤집었다.

암기의 으뜸 패인 수(帥)였다.

수와 장은 가장 높은 계급으로, 병졸을 제외한 모든 말을 잡을 수 있었다.

즉 우수전이 수로 판을 휩쓸고 다니면 무명은 운이 따르지 않는 한 막을 방법이 없었다.

"장 공공 차례요."

무명의 말은 나오자마자 우수전의 말에게 잡혀 버리고 있으니, 무명은 움직일 말이 없어서 계속 뒤집기만 반복했다.

그때였다.

"그거 큰일이군. 꼭 전장에 큰불이라도 난 것 같지 않소?"

우수전이 이상한 말을 꺼냈다.

"장 공공의 말은 나오는 족족 죽어나가니 꼭 불길에 갇혀서 허둥지둥하는 병사를 보는 듯하오."

"무슨 말씀이십니까?"

떠엉!

우수전이 자신의 수를 판에 놓은 뒤 무명의 마를 집어 들었다.

"전장에서 병사가 죽으면 시체가 남소. 하지만 암기에서는 이렇게 모습이 사라지는군."

무명은 우수전이 무슨 말을 하는지 알아차렸다.

큰불. 모습이 사라진 병사.

'정혜귀비의 처소가 불타고 청일의 시체가 발견되지 않은 일을 얘기하고 있군.'

우수전이 무명의 마를 죽은 말들 옆에 놓으며 말했다.

"대체 사라진 병사는 어디로 갔을까?"

"수전아, 암기에서 말이 죽어도 새판을 하면 다시 살아나니까 심려 말거라."

"예, 태후 마마. 귀한 말씀 새겨듣겠습니다."

황태후가 웃으며 말하자 우수전이 맞장구를 쳤다.

하지만 그의 시선은 무명의 얼굴에서 떨어지지 않았다.

"대체 어찌 된 영문이오?"

"……"

무명은 꾸며낼 말이 생각나지 않았다.

그는 다시 말 하나를 잡았다.

순간 엄청난 고통에 그만 비명을 지를 뻔했다.

찌르르르!

마치 날카로운 가시가 돋은 고슴도치를 맨손으로 잡는 듯한 고통.

무명은 간신히 말을 뒤집어서 판 위에 놓았다.

뒤집힌 말의 위치를 모두 기억하고 있는 우수전은 마음만 먹는다면 금세 놀이를 끝낼 수 있었다.

무명의 장을 뒤집은 다음 자신의 병으로 공격하면 그만이니까.

그런데 우수전이 암기를 계속하는 까닭은?

무명은 그의 흉계를 깨달았다.

'이건 놀이가 아니다. 심문이다!'

무명의 짐작이 들어맞았다.

떠엉!

우수전이 말을 놓는 소리가 어느 때보다 맑게 울렸다.

지금까지 해온 것보다 훨씬 고강한 내공을 말과 판에 주입시켰다는 뜻이었다.

그때 우수전이 뜻밖의 말을 시작했다.

"평민 장량. 열여섯 살에 황궁에 들어와 환관이 되었다."

"……!"

무명은 깜짝 놀라 고개를 들었다.

"처음 삼 년 동안 사원국에서 환관들이 먹는 채소를 재배했다. 그다음 삼 년은 주작면국에서 술을 빚고 밀을 빻아 국수를 만들었다."

우수전이 무명의 과거를 읊고 있었다.

환관을 가르치는 내서당 출신이며 동시에 동창에 있는 우수전.

일개 환관의 과거 기록을 찾아보는 것은 어린아이 손바닥 뒤집는 것처럼 쉬울 것이다.

"다음 삼 년은 내직염국에서 비단을 염색했다. 구 년 동안 황궁에서 가장 힘든 직책만 골라서 거쳤군."

우수전은 계속해서 무명의 과거를 들춰냈다.

옆에 황태후가 있든 말든 상관하지 않겠다는 눈빛이었다.

"그런데 마지막 삼 년이 이상하단 말야."

"수전아, 뭐가 그리 궁금하니?"

"태후 마마. 구 년간 하직 중의 하직에 머물던 장량이 삼 년 전에 갑자기 사례감으로 올라왔지 뭡니까?"

"장량이 출세했구나."

사례감은 황궁의 모든 환관들을 감독하는 곳이다.

사례감의 수장이 곧 가장 높은 환관인 셈이니, 사례감은 환관 권력의 중추에 속하는 곳이라 할 수 있었다.

"그렇사옵니다, 태후 마마."

우수전은 황태후와 대화를 나누면서도 무명에게서 시선을 떼지 않았다.

"올해 장량은 정혜귀비를 구한 일로 황은을 입어 부총관 태감에 올랐습니다. 대체 장량에게 무슨 일이 있었던 걸까요?"

그가 고갯짓으로 판을 가리켰다.

"장 공공 차례요."

"……"

무명은 섣불리 손을 뻗지 못했다.

말을 잡던 손가락들의 끝이 이미 시퍼렇게 피멍이 들어 있었던 것이다.

"게다가 가장 이상한 점이 있습니다."

"장량 일을 많이 알아봤구나. 세심하기도 해라."

"장량이 사례감에 온 것은 삼 년 전 박황이란 환관이 모습을 감춘 뒤였습니다. 박황을 대신해서 자리에 오른 거지요. 또한 몇 달 전에는 곽평이란 환관이 황궁에서 감쪽같이 사라지는 일도 있었죠."

우수전이 냉랭한 미소를 흘렸다.

"지금 장량은 곽평의 방을 자기 처소로 쓰고 있다지요? 그야말로 천운을 타고난 자 같지 않습니까?"

"좋은 운을 암기에서는 영 못 써먹는구나."

황태후는 여전히 우수전의 말을 여흥으로 받아들이며 웃었다.

그러나 무명은 정신이 번쩍 들었다.

몇 달 전에 곽평이 사라진 얘기는 왕직에게 들어서 알고 있었다.

무명은 그가 지하 감옥 불가의 방에 있던 망자가 아닐까 짐작하고 있었다.

그런데 박황이란 환관의 얘기는 처음 듣는 것이었다.

'삼 년 전에 사라진 환관이 또 있다고?'

무명은 두 환관이 사라진 배경이 궁금했다.

'내 과거가 두 환관이 사라진 사건과 관련이 있을지 모른다.'

우수전은 무명의 과거를 들먹이며 심문하고 있었다.

십이 년 전 처음 황궁에 들어와 가장 낮은 직책을 전전하던 환관 장량.

그런 장량이 삼 년 전에 갑자기 벼락출세를 시작한 것이다.

우수전의 심문 내용은 과연 무명이 쉽게 발뺌할 수 없는 것이었다.

하지만 우수전이 모르는 게 있었다.

'그는 내가 기억을 잃은 상태라는 것을 모른다.'

무명은 속으로 회심의 미소를 지었다.

우수전의 심문 덕분에 오히려 기억을 되찾을 실마리를 구한 셈이 아닌가?

문제는 심문이 끝나지 않았다는 것이었다.

"장 공공이 이번에 뒤집는 말은 무엇일까? 차일까, 마일까, 졸일까?"

무명도 말속에 가시를 숨기고 맞받아쳤다.

"…저는 우 공공처럼 원하는 말을 뽑는 재주는 없습

니다."

"혹시 모르지 않소? 장이 나올지. 대체 장 공공의 장은 어디에 있는 것이오?"

장(將)은 무명의 말 중에서 가장 높은 계급이다.

즉 우수전의 속마음은 이랬다.

'네놈은 대체 누구냐? 누구의 명을 받고 있는 것이냐?'

그는 이제 안광에서 뿜어져 나오는 살기를 숨기지 않았다.

"빨리 장을 뒤집지 않으면 다른 말들처럼 비명횡사할지도 모르오. 장을 뒤집겠소, 아니면 그냥 죽겠소?"

무명의 손가락끝은 시퍼렇게 피멍이 든 지 오래였다.

그때였다.

무명은 단전에 뜨거운 기운이 한 줄기 모이는 것을 느낄 수 있었다.

위기에 처한 사람이 보이는 반응은 대개 두 가지다.

망연자실하여 침착함을 잃거나, 반대로 냉정해져서 눈앞의 일에 집중하거나.

무명은 후자였다.

과거에 수련한 내공이 몸에 남아 있지 않은 무명.

운기조식을 해서 모을 수 있는 내력은 한 줌의 모래만큼도 안 되었다.

하지만 위기의 순간 무명의 몸이 저절로 반응한 것이

었다.

단전 밑바닥에 잠깐 고인 내력이 흩어져 버리려는 찰나, 무명이 손을 뻗어 말을 잡았다.

척!

무명의 내공 진기가 일순 손가락끝에 모였다.

그러자 부르르 떨던 말이 거짓말처럼 동작을 멈췄다.

무명이 말을 뒤집을 차례.

우수전은 이제 살기를 숨기지 않으며 독촉했다.

"빨리 장을 뒤집으시오. 아니면 죽을지도 모르오."

"아니. 사는 방법이 있소."

"뭐라고?"

"바로 이것이오."

이어서 무명이 모든 내공 진기를 끌어모아서 판 위에 말을 놓았다.

떠엉!

옥과 옥이 부딪치는 소리가 거마차 안에 울려 퍼졌다.

소리는 크지도 높지도 않았다.

하지만 사찰의 범종을 친 것처럼 오랫동안 사그라들지 않고 사람들의 귓속에서 맴돌았다.

우수전이 뜻밖이라는 얼굴로 무명을 쳐다봤다.

"호오……."

우수전의 심문에 맞서 반격을 가한 무명.

그러나 내력을 잃은 몸으로 억지로 진기를 끌어 올린 게 무리였다.

"쿨럭쿨럭……."

무명이 숨을 토하며 밭은기침을 했다.

황태후가 웃으며 말했다.

"장량은 몸이 허약한가 보구나."

"그래서야 암기를 끝까지 할 수 있겠소?"

우수전도 황태후의 말에 맞장구를 쳤다.

하지만 무명은 그의 말에 가시가 숨어 있다는 것을 눈치챘다.

'아직 심문이 끝나려면 멀었다.'

우수전이 궁녀를 보며 무명에게 차를 주라고 명했다.

"여봐라. 여기 장 공공에게 용정을 한 잔 올려라."

그런데 무명이 잠시 숨을 고르더니 고개를 저으며 말하는 것이었다.

"괜찮소. 암기는 곧 끝날 테니까."

"뭐라고?"

"우 공공은 큰 실수를 하셨소."

"실수? 장 공공의 죽은 말이 산더미처럼 쌓였는데 내가 실수를 했다고?"

"그렇소."

무명이 검지를 들어 판을 가리켰다.

"전황은 지금 역전되었소."

우수전이 피식 웃으며 판을 내려 봤다.

순간 그의 얼굴에서 미소가 싹 사라졌다.

무명은 방금 우수전의 수 옆에 있는 말을 뒤집었다.

그런데 공교롭게도 졸이 나온 것이 아닌가?

수(帥)는 가장 높은 계급으로 모든 말에게 이긴다.

졸(卒)은 가장 낮은 계급으로 모든 말에게 진다.

그런데 한 가지 예외가 있었다.

가장 낮은 병졸이 수장을 만나면 이긴다는 점이었다.

모든 말을 뒤집어놓아서 승패가 운에 따르는 암기.

하지만 암기의 오묘한 이치가 거기에 있었다.

무명은 우수전의 낭패한 얼굴을 바라보며 생각했다.

'암기는 마치 강호와 같지.'

강호에서 대결의 승패 여부는 무공이 고강한 순으로 줄을 서는 것이 아니었다.

제아무리 무위가 높은 고수도 방심하거나 독수에 걸린다면 무명소졸에게 목숨을 잃을 수 있는 것이다.

'마지막 한 수까지 방심하지 말아야 하는 곳, 그게 강호다.'

무명이 말했다.

"분명 내 말은 죽어서 시체의 산을 쌓고 있소. 그런데 우 공 공은 한 가지 사실을 놓쳤소."

"그게 뭐지?"

"죽은 말 중에 졸은 딱 하나밖에 없다는 것이오."

그랬다.

처음에 졸을 뽑은 것을 제외하면, 무명은 이후 한 번도 졸을 뽑지 않았다.

"암기에서 자신의 말은 열여섯 개요. 그중에서 병졸이 다섯 개씩 있소. 즉 병졸이 전체 말의 삼분지 일인 셈이오."

무명이 재차 판을 가리키며 말했다.

"판 위에 살아 있는 내 말은 일곱 개요. 그중에 졸이 네 개가 있소. 내가 졸을 뽑을 확률은 이분지 일보다 크다고 할 수 있소."

"……."

"그런데 우 공공은 실수를 저질렀소."

"시작할 때 내걸었던 규칙이군."

"맞소."

원래 암기는 상대편 말을 모두 잡아야 끝난다.

그러나 우수전은 시작하기 전에 '이번 판은 수장을 잡으면 이기는 것으로 하자'고 말하지 않았는가?

그는 변형 규칙을 통해서 무명에게 '네놈의 수장을 밝혀라'라고 심문하고자 했던 것이었다.

그런데 그게 자신의 발목을 잡게 될 줄이야…….

"우 공공은 승리를 자신했을 것이오. 암기의 고수이

니까."

"……."

우수전은 침음하며 무명을 노려봤다.

무명이 말하는 게 암기(暗器)가 아니라 암기(暗記)라는 것을 깨달았기 때문이었다.

뒤집힌 말을 모두 암기하는 속임수를 쓴 우수전.

즉 무명은 우수전의 흉계를 간파했다는 것을 넌지시 비춘 것이었다.

"그러나 병법에서 실수를 저질렀소."

"병법?"

"그렇소. 상대편의 죽은 말만 신경 쓰고 산 말은 돌아보지 않았소. 또한 나의 장을 밝혀내는 데 급급해서 졸에 대한 수비는 도외시했소."

무명이 황태후를 돌아보며 말을 이었다.

"때문에 우 공공은 수가 졸에 몰리는 상황에 처한 것이옵니다, 태후 마마."

"잘했구나, 정말 잘했어!"

황태후가 어린아이처럼 좋아하며 손뼉을 쳤다.

우수전의 두 눈에서 살기가 뿜어 나왔다.

그는 슬쩍 고개를 돌려 눈빛이 황태후에게 향하는 것을 피했다. 황태후에게 살기 어린 시선이 갔다가는 대죄를 모면할 수 없으니까.

이제 무명이 우수전을 독촉했다.

"우 공공 차례요."

우수전의 수 옆에 무명의 졸이 있었다.

수가 도망가지 않으면 다음 무명의 차례에 졸에게 붙잡힐 상황.

우수전이 수를 들어 한 칸 옆으로 피했다.

그는 예상치 못한 무명의 역습에 당황했는지 이번에는 판에 내공을 불어넣는 것을 잊어먹은 듯했다.

무명이 졸을 들어서 재차 우수전의 수를 추격했다.

우수전의 수는 벽에 부딪쳐서 더는 옆으로 피할 수 없었다.

그는 할 수 없이 아래 칸으로 수를 내렸다.

그때 무명이 어떤 말을 집어 들며 말했다.

"이번 병법은 우 공공이 가르쳐 준 것이오."

"내가 장 공공에게 가르쳐 줬다고?"

"그렇소."

원래라면 병졸 하나로 수장을 잡는 것은 불가능하다.

병졸로 계속 따라가도 수장이 도망치면 그만이기 때문이다.

그러다가 병졸은 다른 말에 잡아먹히는 게 보통의 암기였다.

하지만 지금 판은 달랐다.

무명이 집어 든 말을 한 칸 건너뛴 곳에 놓았다.

그가 놓은 말은 바로 포(砲)였다.

그러자 무명의 포가 우수전의 수와 한 칸 건너뛴 곳에서 대기하게 되는 것이 아닌가!

"전쟁터에서 포는 후반에 큰 위력을 발휘한다. 바로 우 공공이 한 말씀이오. 덕분에 병법을 하나 깨우쳤으니 감사하오."

"……."

우수전은 아무 말 없이 침음했다.

무명은 맨 처음에 졸을 뽑은 다음 두 번째 말로 포를 뽑았다.

초반에 안 좋은 말만 골라서 뒤집은 셈.

그러나 초반에는 무용지물이었던 포가 말이 죽어서 판에 빈 칸이 많아지자 비로소 위력을 발휘하게 된 것이었다.

이제 우수전의 수는 갈 곳이 없었다.

포를 피하면 졸의 공격 범위에 들어간다.

피하지 않으면 바로 포에 죽는다.

즉 외통수에 걸린 것이었다.

우수전이 무명을 심문할 목적으로 벌였던 암기는 무명의 승리로 끝이 났다.

"정말 신통하구나! 신통해!"

황태후가 손뼉을 치며 기뻐했다.

"장량의 포가 수전의 수를 잡다니, 참으로 큰일을 해냈구나!"

전투는 끝났다.

멀리 산 위에서 구경하는 고관대작들에게는 전쟁터가 한 편의 여흥에 불과할 것이다.

하지만 들판에서 돌격하는 병사들은 생사가 걸린 일이었다.

무명과 우수전은 잠시 날카로운 시선을 거두지 않고 상대를 노려봤다.

이윽고 무명이 입을 열었다.

"우 공공, 제가 이겼습니다. 내기는 지키시겠지요?"

"물론이오. 장 공공이 위험할 때 한 번 도와주겠소. 하지만 두 번째는 안심하지 마시오."

우수전이 의미심장하게 웃으며 대답했다.

그의 말뜻은 분명했다.

한 번은 목숨을 살려주겠다.

그러나 두 번은 기대하지 마라.

둘은 서로를 노려보며 팽팽한 기 싸움을 벌였다.

황태후가 말했다.

"장량에게도 당호로를 하나 주어라."

"감사하옵니다."

무명은 궁녀가 주는 당호를 받아 입에 넣었다

달고 새콤한 당호로를 씹자 입에서 침이 돌았다.

"장 공공은 이제야 당호로를 먹는군. 그것도 단 하나."

우수전이 슬쩍 비아냥거리며 말했다.

무명도 지지 않고 맞받아쳤다.

"살면서 먹은 당호로가 수백 개도 넘지만 지금 먹은 한 개가 가장 달군요. 승리하고 먹는 당호로라서 그런가 봅니다."

고령의 황태후는 둘의 분위기를 전혀 눈치채지 못했다.

그녀가 궁녀들에게 차와 다과를 가져오라고 했다.

그리고 무명, 우수전과 함께 다과를 즐겼다.

그렇게 한 시진쯤이 지났을 때였다.

"일동 정지!"

밖에서 환관의 목소리가 들렸다.

"태후 마마, 잠시 쉬었다 가겠습니다."

"오냐. 그리하거라."

황태후가 휴식을 허락하자 행차가 자리에 멈췄다.

거마차의 문이 좌우로 열리자 무명과 우수전은 황태후를 부축하며 거마차에서 내렸다.

행차에 속한 환관과 궁녀들이 일제히 두 손을 바닥에 짚고 엎드렸다.

금위군은 경계를 늦추지 않기 위해 한쪽 무릎만 꿇고 예를 올렸다.

행차가 멈춘 곳은 우물터였다.

관음보살상과 거마차를 끄는 말만 해도 수십 필이다.

거기에 금위군 기마병이 탄 말까지 더하면 족히 백 필을 넘었다.

말도 사람도 휴식이 필요했다.

환관이 우물의 물을 떠서 먼저 맛을 보았다.

아무 이상이 없는 것을 확인하자 환관은 황태후에게 물을 올렸다.

"물맛이 차고 달구나."

황태후는 맛있게 물을 마신 뒤 궁녀들을 불러 거마차로 돌아갔다.

황태후가 안으로 들어가자 행차 일행은 갑자기 바빠졌다.

병장기와 갑주를 지참한 금위군은 바닥에 앉아 발의 피로를 풀었다.

환관은 말에게 물을 먹였다.

궁녀는 물을 길어 금위군과 환관들에게 가져다줬다.

차 한 잔 마실 동안의 달콤한 휴식이었다.

무명은 바람을 쐴 겸 걷기 시작했다.

거마차를 타고 오는 동안 몸은 편했으나 마음이 불편했다.

황태후를 모시는 것만도 피곤한데 우수전과 팽팽한 신경전을 벌이느라 심신이 지쳐 있었다.

무명은 우물터 주위를 빙 돌았다.

동쪽으로 조금 떨어진 곳에 마을 초입이 보였다.

우물은 바로 마을에서 쓰는 것이었다.

마을 사람들은 한 명도 보이지 않았다.

아마도 그들은 모두 엎드린 채 거마차가 있는 방향으로 부복하고 있으리라.

환관과 금위군이 가서 황태후의 행차를 알렸을 테니까.

그때였다.

옆의 수풀 속에서 사람 그림자 하나가 나타났다.

스윽.

무명은 깜짝 놀라 그림자를 살폈다.

금칠이 된 갑주를 걸친 그림자는 허리에는 환도를, 등에는 강궁을 메고 있었다.

그는 다름 아닌 금위군 총대장 청성이었다.

"총대장님……."

무명은 뭐라 인사를 하려고 했으나 청성의 표정을 보고 입을 다물었다.

그랬다. 청성은 금위군 총대장으로 온 것이 아니었다.

그는 지금 무당파 소속의 강호인이었다.

청성이 손을 내밀어 무언가를 건넸다.

무명은 엉겁결에 받아 들고 물건의 정체를 확인했다.

열쇠였다.

무명은 굳이 열쇠의 용도를 묻지 않았다.

설명을 듣지 않아도 알 수 있었다.

'관음보살상에 감금된 잠행조를 풀 수 있는 열쇠다.'

이어서 청성이 나직한 목소리로 말했다.

"양두구육(羊頭狗肉). 표리부동(表裏不同)."

무명은 이번에도 청성의 말이 무슨 뜻인지 알아차렸다.

겉과 속이 다르다는 뜻의 두 고사성어.

행차가 주작호에서 머무르는 동안 금위군이 쓸 비밀 암호임이 분명했다.

무명은 무공 고수도 아닐뿐더러, 설령 고수라 할지라도 금위군이 지키는 관음보살상에 들키지 않고 접근하기는 쉽지 않으리라.

때문에 청성은 무명에게 금위군의 암호를 가르쳐 준 것이었다.

청성이 한마디 말을 덧붙였다.

"축시."

그 말을 끝으로 청성은 몸을 돌렸다.

그리고 수풀 속으로 들어가 감쪽같이 사라져 버렸다.

축시(丑時)는 자정이 지나고 반 시진 뒤다.

즉 청성은 밤이 깊어 모두가 긴장을 풀고 잠이 들었을 때 잠행조를 풀어주라고 귀띔한 것이었다.

무명은 현재 시간을 어림짐작해 보았다.

"지금이 미시(未時)쯤인가? 축시(丑時)까지 여섯 시진 남았군."

그의 두 눈이 반짝 빛났다.

"여섯 시진 뒤에 잠행조 탈출 작전 시작이다."

5장.

잠행조 탈출 작전

청성은 바람처럼 나타났다가 흔적도 없이 사라졌다.

그는 무명에게 세 가지를 남겼다.

바로 관음보살상에 감금되어 있는 잠행조를 빼낼 방법이었다.

무명은 머릿속에 세 가지를 되새겼다.

'축시에 작전을 시작한다.'

'금위군의 경비를 통과할 암호는 양두구육, 표리부동.'

'그리고 잠행조의 감금을 풀 열쇠.'

작전은 한 치의 오차도 있어서는 안 됐다. 만약 작은 실수를 저지르는 날에는 금위군에 붙잡혀서 대죄인으로 낙인찍힐 테니까.

축시까지는 여섯 시진이 남아 있었다.

자정이 지나고 하루 중에 가장 어두울 시간. 그때가 잠행조를 무사히 빼낼 수 있는 유일한 시간이리라.

무명은 긴장한 얼굴로 마음을 다잡았다. 그리고 행차가 있는 곳으로 돌아갔다.

잠깐 동안의 달콤한 휴식이 끝나자 행차는 다시 이동을 시작했다.

이후의 여행은 비교적 편안했다.

황태후가 줄곧 낮잠을 잤기 때문이었다.

고령의 황태후는 무명과 우수전의 암기 대결을 관전하느라 지나치게 신경을 쓴 것 같았다.

그녀는 거마차가 출발하자 침상에 누워 잠이 들었다. 그리고 주작호에 도착하기 전까지 단잠에서 깨어나지 않았다.

무명과 우수전은 침상 양옆에 앉은 채 황태후를 지켰다.

둘은 암기가 끝난 뒤로 한마디 말도 섞지 않았다. 얼굴 한 번 돌아보지 않았다.

직위 높은 두 환관이 그러고 있자 궁녀들도 말 한마디 꺼내지 못했다. 거마차 안은 따뜻했지만 분위기는 얼음장 위에 있는 것처럼 냉랭했다.

행차가 주작호에 도착한 것은 술시(戌時)가 다 되었을 때였다.

반 시진 전에 잠이 깬 황태후는 궁녀들의 도움을 받아 두꺼운 옷으로 갈아입었다. 그리고 거마차에서 내렸다.

그때 환관이 외쳤다.

"영왕 전하 납시오!"

금위군이 양옆으로 물러서서 길을 열었다.

영왕이 힘찬 걸음으로 다가왔다. 그리고 황태후 앞에 무릎을 꿇으며 말했다.

"할마마마, 어서 오시옵소서!"

"아방(阿旁)아, 잘 있었니?"

황태후가 양손으로 영왕의 어깨를 잡고 일으켰다. 영왕은 그제야 경직된 자세를 풀고 황태후의 품에 안겼다.

황태후는 영왕의 친할머니는 아니었다. 그러나 어렸을 때부터 황태후의 애정을 듬뿍 받고 자란 영왕은 커서도 친할머니처럼 황태후를 대했다.

영왕이 뒤쪽으로 시선을 돌리며 물었다.

"저것이 대체 무엇이옵니까?"

"관음보살상이란다. 너에게 주려고 특별히 만들었단다."

"감사합니다, 할마마마!"

영왕이 다시 무릎을 꿇으며 예를 표했다.

"제가 주작호 구경을 시켜 드리겠습니다."

영왕이 황태후를 부축하며 앞으로 나갔다. 그러다가 뒤를 돌아보며 말했다.

"금위군 총대장!"

"전하, 총대장 청성이 인사드립니다."

청성이 앞으로 한 걸음 나가서 예를 표했다.

"오느라 고생 많았소. 술과 음식을 내릴 테니 다들 푹 쉬도록 하시오. 경비도 너무 많은 인원을 두지 말고 삼교대로 해서 지키시오."

"명하신 대로 따르겠습니다."

평소 성정이 호방하여 많은 사람들이 따른다는 영왕.

그는 황태후만 신경 쓰지 않고 행차 일행과 금위군까지 챙겼다. 하루 종일 힘든 길을 걸어온 사람들은 영왕의 말 한마디에 피곤이 싹 가셨다.

무명과 우수전은 황태후와 영왕의 뒤를 따라갔다.

곧 주작호가 모습을 드러냈다.

영왕이 주작호를 가리키며 말했다.

"할마마마, 저기가 바로 주작호입니다."

"호수가 참으로 넓고 아름답구나."

황태후의 감상대로였다.

주작호는 좌우 양쪽이 끝이 보이지 않을 만큼 넓어서 마치 바다를 연상케 했다.

넓은 수면 위에 막 지려는 해가 걸려 있었다. 서쪽 하늘은 노을 져서 붉게 물들어 있었다. 사람들은 가슴이 뻥 뚫리는 시원함을 느끼며 감탄했다.

"주작호 남쪽에 별장이 있습니다. 제가 할마마마를 모시겠습니다."

"오냐."

영왕이 손짓하자 가마가 왔다.

가마는 앞뒤로 여덟 명의 시위가 붙어 있었다. 또한 금칠을 하고 붉은 휘장을 둘러서 화려하기 그지없었다. 거마차에 비교해서 작아 보일 뿐, 충분히 화려한 가마였다.

영왕이 황태후를 부축하고 가마에 올랐다.

가마는 주작호를 남쪽으로 빙 돌아서 이동했다. 거마차와 관음보살상 행차가 그 뒤를 따라갔다.

무명은 가마를 뒤따르며 생각했다.

'앞으로 세 시진 뒤.'

영왕은 황태후를 모시고 별장에서 식사를 했다.

무명은 자기 방에서 따로 저녁을 먹었다. 영왕이 무명을 따로 부르지 않았기 때문이었다.

반면 지위가 가장 높은 우수전은 황태후와 영왕의 옆을 지키는 것 같았다.

무명은 자리에 불리지 않은 게 차라리 홀가분했다.

'왕직이라면 출세할 기회를 놓쳤다면서 땅을 쳤을 일이군.'

영왕은 일전에 무명을 만났을 때 미리 문방사보를 준비해서 하사했다. 무명이 글을 좋아한다는 사실을 조사해서 마음을 얻으려 한 것이었다.

천자의 자리를 노리며 사람들의 선심을 사고 있는 영왕.

만약 저녁 자리에 참석했다면 영왕은 무명을 회유하려고 할 게 틀림없었다.

영왕의 은총을 받아서 나쁠 것은 없었다.

문제는 우수전이었다.

'그는 내 정체를 알고 있다.'

우수전은 무명이 무림맹이 심은 세작이란 사실을 알고 있었다. 또한 무명의 배후와 의도를 의심하고 있었다.

그런데 우수전 앞에서 영왕의 총애를 받는다?

'위험인물로 낙인찍어 달라는 얘기나 다름없다.'

아직 잃어버린 기억은 되찾지 못했다. 황궁에는 풀지 못한 수수께끼가 많이 남아 있었다.

'그때까지 환관 신분을 유지해야 한다.'

우수전은 가까이 해서 좋을 게 없는 상대였다.

무명은 밥을 다 먹은 뒤 차를 마셨다.

최고 품질의 용정차였으나, 차 맛은 달콤하지만은 않았다.

'앞으로 황궁 생활이 쉽지 않겠군.'

그때 밖에서 환관의 목소리가 들렸다.

"장 공공, 영왕께서 태평루로 오라고 명하셨습니다."

"태평루? 무슨 일인가?"

"전하께서 태후 마마를 위해 등불 축제를 준비하셨습니다.

한 명도 빠짐없이 참석하라는 명이십니다."

"등불 축제라, 알겠네."

태평루는 주작호의 전망이 가장 좋은 자리에 있는 전각이었다.

무명은 복장을 가다듬고 방을 나섰다.

태평루는 영왕의 명을 받고 나온 환관과 궁녀들로 인산인해였다. 게다가 주위는 금위군이 빙 둘러서 경계를 서고 있었다.

영왕이 황태후를 모시고 태평루에 도착했다.

사람들이 일제히 바닥에 엎드렸다.

"황태후 마마 천세!"

영왕이 목소리 높여 외쳤다.

"모두 일어나라! 오늘 할마마마를 위해 등회를 여니, 다들 편한 마음으로 즐겨라!"

성정이 호방한 영왕다운 말이었다.

등회(燈會)는 등불 축제라는 뜻이다.

중원에서는 정월대보름이 되면 거리 곳곳에 색색의 등불을 걸고 열흘간 축제를 벌였다. 지금은 대보름이 아니나, 영왕은 황태후를 위해 특별히 등회를 준비한 것이었다.

영왕의 사람들이 주작호에 등불을 띄웠다. 곧 수백 개가 넘는 등불들이 잔잔한 호수 물결을 따라 둥둥 떠다니기 시작했다.

"할마마마, 부디 만수무강하옵소서."

"참으로 예쁘고 아름답구나."

황태후가 감탄하며 말했다.

청홍녹황(靑紅綠黃)의 등불들은 오색찬란했다.

밤이 되어 검게 변한 수면 위로 형형색색의 등불이 떠다니는 모습은 가히 장관이었다.

이어서 호수 한쪽에서 사람들이 폭죽을 쏘아 올렸다.

평! 평! 퍼퍼평!

폭죽들은 높이 솟아오르다가 까만 하늘 중간에 붉은 꽃을 피우며 명멸했다.

하늘과 물을 수놓는 꽃놀이에 사람들이 탄성을 질렀다.

"와아아아!"

그때 태평루 한쪽에 서 있던 관음보살상이 환하게 빛을 발했다.

파앗!

관음보살상의 전신이 금빛으로 반짝거렸다.

영왕이 어느새 사람들을 시켜 관음보살상 곳곳에 등불을 설치해 두었던 것이다.

"오오오오!"

사람들이 감탄하며 신음했다.

관음보살상을 향해서 자기도 모르게 두 손을 모아 합장하는 자도 있었다.

영왕이 말했다.

"술과 음식을 돌려라! 모두 사양 말고 술을 들어라!"

하인들이 술잔을 갖고 와서 환관과 궁녀에게 건넸다.

색이 맑고 복숭앗빛을 띠는 것을 보아 최상품의 고급술이었다.

환관과 궁녀들은 평생 한 번 맛볼 일 없는 술을 마시며 크게 기뻐했다.

금위군에게도 한 잔의 술이 돌아갔다.

하지만 금위군은 딱 한 잔만 마신 뒤 더는 술을 입에 대지 않았다. 기강이 삼엄한 정예다운 모습이었다.

등불 축제는 반 시진가량 계속되었다.

축제가 끝나자 영왕은 황태후를 모시고 침소로 갔다.

환관과 궁녀들도 황태후를 따라 별장으로 향했다.

하지만 남은 사람들의 하루는 아직 끝나지 않았다.

영왕 측 사람들은 뒤처리를 하느라 바쁘게 움직였다.

호수에서 등불을 회수하고 남은 술과 음식을 처리했다.

금위군 역시 삼교대로 별장 경비를 계획하느라 정신이 없었다.

그런데 몸은 한가하지만 머릿속이 복잡한 자가 한 명 있었다.

바로 무명이었다.

'축시까지 이제 한 시진 남았다.'

무명은 미리 준비해 온 검소한 관복을 꺼냈다.

그리고 화려한 관복과 관모를 벗은 뒤 평소에 입는 복장으로 갈아입었다.

무명은 방에 있는 거울을 보며 생각했다.

'화려한 복장은 눈에 띄기 쉬운 법.'

금위군의 암호를 알고 있으니 관음보살상에 접근하는 데는 문제가 없었다.

그런데 반드시 피해야 될 것이 있었다.

'얼굴을 아는 자와 마주치는 것이다.'

검소한 관복을 걸쳤더라도 혹시 무명의 얼굴을 아는 금위군이 있을지 몰랐다.

황상의 은총을 입은 부총관태감 사건은 황궁에서 꽤 소문난 일이니까.

특히 절대 들키면 안 되는 자가 있었다.

'우수전.'

어떤 환관이 우수전의 수하일지 알 수 없었다.

어쩌면 궁녀들 중에도 우수전의 끄나풀이 숨어 있을 것이다.

무명은 그들 모두의 눈을 속여야 했다.

하지만 복장을 바꿔 입는 것만으로 얼굴까지 속일 수는 없는 일이다.

그러나 방법이 있었다.

무명이 관복에서 무언가를 꺼내 들었다.

'우수전도 이 방법은 예측하지 못할 터.'

무명이 꺼낸 것은 인피면구였다.

그는 관복에 만든 비밀 주머니에 항상 중요한 물품을 지니고 다녔다.

인피면구, 비녀, 무림패.

특히 인피면구와 비녀의 중요함은 두말할 필요가 없었다.

기억을 잃기 전에 황가전장에 맡긴 물건이니까.

무명이 인피면구를 얼굴 위에 뒤집어썼다.

인피면구는 원래 자기 피부인 것처럼 그의 얼굴에 꼭 들어맞았다.

거울을 보자 처음 보는 남자가 있었다.

밝은 대낮에 일부러 코앞에서 살피지 않는 이상, 인피면구를 쓴 사실을 알아차릴 자는 아무도 없으리라.

그런데 한 가지 문제가 더 있었다.

'잠행조는 어떻게 빼내야 될까?'

관음보살상 내부에 감금되어 있을 잠행조.

청성이 암호를 말하고 열쇠까지 주었으니, 관음보살상에 들어가 잠행조를 풀어주는 것은 문제가 아니었다.

그러나 금위군의 눈을 피하는 것은 전혀 다른 문제였다.

'금위군 중 한 명이라도 잠행조를 눈치채서는 곤란하다.'

무명은 고민을 거듭했지만 좋은 생각이 떠오르지 않았다.

'차라리 환관과 궁녀 복장을 가져가서 변복시킬까?'

사대악인이 황궁을 탈출할 때도 같은 방법을 사용했었다.

그때 무명과 사대악인은 방에 있던 환관 옷으로 변복했다. 그리고 환관을 가장한 채 황궁을 가로질러서 북문을 통과하는 데 성공했다.

잠행조는 모두 다섯 명이었다.

장청, 당호, 이강, 남궁유, 송연화. 남자 세 명에 여자 두 명.

'환관 셋과 궁녀 둘로 변장한 다음 금위군의 눈을 피한다?'

하지만 무명은 고개를 저었다.

'아니. 좋은 생각이 아니다.'

깊은 밤에 뜬금없이 환관과 궁녀가 나타나면 금위군의 눈길을 끌면 끌었지 피할 수 있을 리가 없었다.

좀처럼 좋은 생각이 떠오르지 않았다.

무명은 무심코 창문 밖으로 시선을 돌렸다.

밤하늘에 별들이 총총히 빛나고 있었다.

그리고 아래는 주작호의 검푸른 물이 있었다.

'그렇다, 주작호!'

관음보살상은 주작호 바로 옆의 태평루에 서 있었다.

잠행조가 관음보살상에서 나온 다음 군이 금위군의 경비를 통과할 필요가 없었다.

경비가 없는 곳까지 호수를 헤엄쳐서 가면 그만 아닌가?

'잠행조라면 금위군이 없는 곳까지 충분히 호수를 헤엄칠 수 있을 것이다.'

금위군의 포위망을 벗어나면 뒷일은 그들이 알아서 하면 된다.

작전 수립이 끝났다. 이제 실행만 남았다.

어느새 축시가 가까워지고 있었다.

무명이 자리에서 일어났다.

'가자.'

축시가 다가오고 있었다.

무명은 자기 방을 나와서 복도를 걸었다.

중간에 환관과 궁녀 몇 명과 마주쳤지만 아무도 무명을 알아차리지 못했다.

황태후 행차에 동원된 환관과 궁녀만 해도 백 명 가까이 되었다. 서로 얼굴을 몰라보는 것도 당연했다.

별장을 나올 때 금위군이 무명을 불러 세웠다.

하지만 큰 문제는 없었다.

"멈추시오. 어디 가는 것이오?"

"병필부의 우 공공 심부름입니다."

무명은 슬쩍 우수전의 이름을 빌렸다.

병필부라는 말을 듣자 금위군의 표정이 달라졌다.

병필부가 황상의 오른팔 격인 동창을 뜻한다는 것은 황궁에서 모르는 이가 없었다.

무명이 황궁 출입증인 목패를 보이자 금위군은 흔쾌히 그를 통과시켰다.

관복을 입고 목패를 소지하고 있는 환관.

금위군이 무명을 의심할 이유는 없었다.

물론 지금 무명의 얼굴은 황궁의 누구도 본 적이 없는 것이었다.

인피면구를 쓰고 있으니까.

그러나 금위군이 수십 명이 넘는 환관의 얼굴을 모두 기억할 수는 없는 일 아닌가?

무명은 금위군의 경계를 뚫고 별장을 빠져나오는 데 성공했다.

그는 관음보살상이 있는 태평루로 향했다.

모든 일이 순조로웠다.

시각, 암호, 열쇠. 잠행조를 탈출시킬 준비는 한 치의 빈틈도 없었다.

그런데 무명이 별장의 담장 모퉁이를 돌 때였다.

사람 그림자가 갑자기 나타났다.

무명은 급히 고개를 조아렸다. 그는 지금 검소한 관복을 걸친 하급 환관을 가장하고 있으니, 누가 나오든 지위가 높으리라 예상했던 것이다.

하지만 무명의 예측은 빗나갔다.

"아방(阿莽)이니?"

그림자가 건넨 말이 이상했다.

'아방? 그 이름을 입에 담을 사람은 단 한 명밖에 없을 텐데? 설마……'

무명이 조심해서 고개를 들었다.

순간 그는 비명을 지를 정도로 깜짝 놀랐다.

무명의 앞에 황태후가 두 궁녀의 부축을 받고 서 있는 것이 아닌가?

"태후 마마, 신의 불충을 용서하시옵소서."

무명은 다급히 바닥에 엎드리며 고개를 숙였다.

성정이 온화한 황태후는 개의치 않고 무명의 어깨를 잡고 일으켜 세웠다.

황태후가 빙그레 미소 지으며 말했다.

"아방도 잠이 오지 않는 모양이구나?"

"……."

무명은 말문이 막혔다.

아방은 황태후가 영왕을 부르는 애칭이었다.

그런데 황태후는 왜 계속해서 무명을 보고 아방이라 부르는 것일까?

두 궁녀가 웃으며 말했다.

"태후 마마, 이자는 환관이옵니다."

"그렇사옵니다. 영왕 전하는 이미 침소에 든 지 오래이옵니다."

정혜귀비의 궁녀들은 표정이 날카롭고 신경이 곤두서 있었다.

하지만 황태후를 모시는 궁녀들은 얼굴과 목소리가 온화했다. 하인은 주인을 닮는 것이리라.

황태후가 고개를 갸웃거리며 무명의 얼굴을 유심히 살폈다.

"그러냐? 그런가……."

무명은 침을 꿀꺽 삼켰다.

진땀이 흐르는 일 초, 일 초였다.

"나는 아방인 줄 알았지. 참으로 닮았구나, 닮았어."

무명이 말없이 있자 궁녀 하나가 입을 열었다.

그녀는 하급 환관인 무명이 황태후와 마주치는 바람에 겁을 집어먹었다고 여기는 것 같았다.

"태후 마마께서 잠이 깨셔서 잠시 산책하러 나오셨습니다."

"마마께서는 밤마다 사람을 두지 않고 산책을 즐기십니다. 너무 놀라지 마세요."

"알겠습니다."

무명이 고개를 조아리며 대답했다.

궁녀가 황태후를 재촉했다.

"태후 마마, 밤공기가 차갑습니다. 그만 들어가시지요."

"그리하자꾸나."

황태후는 궁녀들의 부축을 받으며 발을 옮겼다.

그러나 그녀는 이상한 눈빛으로 연신 무명의 얼굴을 돌아 봤다.

무명은 초조한 마음으로 황태후가 지나가기를 기다렸다.

그런데 최악의 사태가 벌어졌다.

"태후 마마, 여기 계셨사옵니까?"

부드러운 가운데 가시가 숨어 있는 듯한 목소리.

담장 모퉁이를 돌아 나오며 황태후에게 인사드리는 자는 바로 우수전이었다.

"밤공기가 찹니다, 태후 마마."

"막 들어가려던 참이다."

우수전이 황태후를 안으로 모시도록 두 궁녀에게 눈짓했다.

그러자 궁녀들이 딱딱하게 굳은 표정으로 목례를 올렸다.

내원의 궁녀들은 우수전이 어떤 인물인지 익히 알고 있는 것 같았다.

무명도 고개를 깊이 조아렸다.

겉으로는 예를 표하는 척했지만 실은 우수전의 관심을 끌고 싶지 않아서였다.

다행히 우수전은 무명의 위아래를 슥 훑어본 뒤 시선을 뗐다.

하급 환관을 쳐다보는 그의 눈빛은 길가의 돌덩이를 보는 듯했다.

황태후와 두 궁녀가 발을 옮기자 우수전도 그들을 따라갔다.

무명은 그제야 안도의 한숨을 쉬었다.

'살았다.'

평상시 관복을 입고 인피면구를 쓴 게 천만다행이었다.

그게 아니었더라면 우수전의 의심을 피할 방법이 없었으리라.

무림맹의 세작인 무명이 한밤중에 이유 없이 산책을 나섰다? 곧바로 우수전에게 덜미를 잡혀서 잠행조 탈출은 물거품이 됐을 것이다.

위기는 모면했다.

그런데 새로운 수수께끼가 생겼다.

'황태후는 왜 나를 영왕으로 착각한 것일까?'

무명은 두 가지 해답을 떠올렸다.

'첫째, 황태후는 고령이라서 밤눈이 어둡다.'

그러나 금세 고개를 저었다.

무명은 다른 해답이 진짜라고 느꼈다.

'둘째, 인피면구가 영왕을 닮았다……!'

인피면구는 죽은 자의 얼굴 가죽을 벗겨서 만든다.

황태후는 인피면구를 쓴 무명을 보고 영왕으로 착각했다.

즉 인피면구가 영왕의 얼굴을 닮았다는 뜻이었다.

하지만 황가전장에서 찾은 인피면구가 어떤 자의 얼굴인지 알 수 없었다.

무명이 기억을 잃어버렸기 때문이다.

인피면구는 과연 누구였을까?

'기억을 되찾을 실마리다.'

잃어버린 과거에 다시 한 걸음 다가서게 되었다.

무명은 주먹을 꽉 움켜쥐었다.

무명이 태평루로 가기 위해 몸을 돌렸다.

그때였다.

"잠깐."

등 뒤에서 누군가가 무명을 불러 세웠다.

황태후와 함께 가버렸다고 생각했던 우수전이었다.

"너. 그래, 너 말이다."

"……"

무명은 침을 꿀꺽 삼키며 천천히 몸을 돌렸다.

'들킨 건가?'

인피면구를 쓰고 황태후와 동창의 우수전을 속인 것은 변명할 길 없는 대죄였다.

게다가 무명은 무림맹의 세작이 아닌가?

무명은 할 수만 있다면 달려들어서 우수전의 목숨을 끊고 싶었다.

그러나 내공을 폐하고 무공을 기억 못 하는 그가 할 수 있는 일은 아무것도 없었다.

'대체 어떻게 우수전에게서 도망치지?'

무명이 초조한 심정으로 생각할 때였다.

"장량을 아느냐?"

"…예, 부총관태감님 말씀이십니까?"

무명이 들키지 않게 목소리를 낮추며 대답했다.

"장량을 찾아서 내 방으로 불러오너라. 지금 당장."

"명을 받들겠습니다."

우수전은 명을 내린 뒤 몸을 돌려서 어둠 속으로 사라졌다.

무명은 이번에야말로 안도의 한숨을 내쉬었다.

'휴우, 내 정체를 알아차린 게 아니었군.'

그러나 안심할 때가 아니었다.

축시가 다 된 깊은 밤에 방으로 무명을 부르는 우수전.

그의 의도는 분명했다.

'오늘 밤 끝장을 보려는 생각이군.'

여기는 황궁이 아니다.

황궁 밖에서 환관 하나가 비명횡사한들 아무도 관심을 두지 않을 것이 뻔했다.

게다가 동창의 우수전이 사람들의 입을 막는다면…….

'내 목숨은 쥐도 새도 모르는 새에 떨어지겠군.'

이제 우수전의 속셈을 알 수 있었다.

그는 처음부터 무명을 처치하고 망자비서를 빼앗기 위해 황태후 행차에 들어온 것이리라.

먼저 잠행조를 탈출시켜야 한다.

그리고 우수전의 마수를 피할 계책을 세워야 한다.

시간이 없었다.

무명은 태평루를 향해 달려갔다.

잠시 후, 무명은 태평루에 도착했다.

주작호의 물결은 검은 비단을 펼쳐놓은 것처럼 시커멨다.

축시. 자정에서 반 시진이 지난 시각.

청성은 축시에 일을 결행하라고 말했다.

하루 중 가장 어두운 때를 틈타 잠행조를 빼내서 도망치라는 뜻이었다.

그는 강호인이라기보다 금위군 총대장에 걸맞게 용의주도했다.

태평루 주위에는 금위군들이 햇불을 밝힌 채 경비를 서고 있었다.

황태후가 영왕에게 하사한 관음보살상을 지키기 위해서였다.

무명은 금위군에게 다가갔다.

그런데 무명의 뒤쪽에서 발소리가 들렸다.

무심코 고개를 돌리자, 등 뒤에서 다른 금위군들이 나타나는 게 아닌가?

무명은 깜짝 놀랐지만 겉으로는 짐짓 태연한 척을 하며 고개를 숙였다.

척! 금위군들이 방천극의 도끼날을 수직으로 세웠다.

금위군 하나가 말했다.

"누구냐?"

"병필부의 우 공공 심부름을 받았습니다."

무명은 별장을 나오다가 금위군에게 둘러댄 것처럼 이번에도 우수전의 이름을 빌렸다.

하지만 그때와 지금은 달랐다.

그때가 단지 신분을 묻는 것이었다면, 지금은 자객이나 역적을 솎아내기 위한 검문이었다.

아니나 다를까, 금위군이 암호를 물었다.

"양두구육."

"표리부동."

무명이 청성이 말해준 암호를 대답했다.

그제야 금위군들은 방천극의 도끼날을 아래로 내렸다.

암호는 진짜였다.

만약 무명이 암호를 대지 못했다면 그들은 방천극을 목에 겨눈 채 무명을 끌고 갔을 것이다.

그리고 환관이 자리를 지키지 않고 별장을 떠난 죄와 이유를 심문했을 것이다.

무명의 등에서 식은땀 한 줄기가 주르륵 흘러내렸다.

'청성이 나를 없애려는 생각은 아니었군.'

금위군이 재차 질문했다.

"무슨 일이오?"

"우 공공이 관음보살상을 살피고 오라고 하셨습니다."

무명이 암호를 대서인지 금위군도 더 이상 캐묻지 않았다.

그들은 무명을 대동하고 태평루로 다가갔다.

태평루는 곳곳에 횃불이 불타고 있었다.

그리고 십여 명의 금위군들이 방천극을 든 채 자리를 지키고 있었다.

무명을 대동한 금위군들이 나타나자, 그들이 물었다.

"양두구육."

"표리부동."

금위군들이 서로 암호를 주고받았다.

무명은 왜 아까 등 뒤에서 금위군들이 나타났는지 깨달았다.

'경비 교대를 하는 자들이었군.'

무명의 생각이 맞았다.

축시는 금위군들이 경비를 교대하는 시간이었던 것이다.

금위군들이 서로 자리를 바꿨다. 경비를 서고 있던 자들은 어둠 속으로 들어가 사라졌다.

별장 옆에 친 공동 천막에서 잠시 눈을 붙이러 가는 것이리라.

황태후 행차가 도착했을 때 영왕은 청성에게 금위군 경비를 삼교대로 하도록 명했다.

오랜 행차에 피곤할 금위군들을 위한 처사.

그러나 삼교대라고 해도 인원은 충분했다.

'행차에 온 금위군이 족히 삼백을 넘는다.'

즉 한 번에 백 명이 넘는 금위군이 별장을 지키고 있는 것이다.

금위군의 조장으로 보이는 자가 무명에게 말했다.

"그럼 일을 보시오."

"감사합니다."

무명은 깊이 고개를 숙인 뒤 몸을 돌렸다.

무명이 자리를 뜨는데도 금위군들은 고개 한번 돌리지 않고 부동자세를 취했다.

황궁 내원을 지키던 정예, 북문을 지키는 금위군과는 기강부터가 달랐다.

무명은 태평루를 빙 돌아서 관음보살상으로 갔다.

관음보살상은 태평루와 별장을 내려다보며 주작호 한쪽에 서 있었다.

또한 발밑에는 큰 수레가 단상처럼 놓여 있었다.

가까이 다가가서 본 관음보살상은 생각보다 거대했다.

'대단하군.'

곳곳에 횃불이 불타고 있었지만 관음보살상의 전신을 모두 밝히지는 못했다.

무명이 고개를 들어도 허리 위쪽은 아예 보이지도 않았다.

무명은 관음보살상을 살피기 시작했다.

'어딘가 문이 있을 것이다.'

거대 신상은 대개 발 부근에 문을 만들어놓는다.

문을 열고 들어가면 머리까지 올라갈 수 있도록 속이 비어 있다.

또한 신상의 눈은 막지 않고 뻥 뚫려 있다.

그 눈을 통해 밖의 전망을 구경하는 것이다.

무명은 관음보살상의 발 주위를 한 바퀴 돌았다.

그러다가 드디어 문을 발견했다.

'저기다.'

관음보살상의 왼쪽 발뒤꿈치에 갈라진 틈새가 보였다.

무명은 틈새를 유심히 살폈다.

발뒤꿈치의 안쪽, 문의 가장자리에 동그란 구멍이 보였다.

그는 청성에게 받은 열쇠를 꺼내 구멍 속에 집어넣었다.

열쇠는 한 치의 빈틈도 없이 구멍에 꼭 들어맞았다.

철컥!

열쇠가 돌아갔다.

무명이 틈새에 손을 끼운 뒤 옆으로 밀었다.

끼이이익……

문이 열렸다. 관음보살상의 내부는 칠흑같이 어두웠다.

무명은 암흑 속으로 들어갔다.

끼이이익.

관음보살상 내부에 들어온 무명은 문을 닫았다.

그는 별장에서 미리 준비해 온 화섭자와 기름 종지를 품에서 꺼냈다.

그리고 화섭자를 불어서 불을 밝혔다.

화악.

칠흑같이 어두운 관음보살상 내부에 한 점의 불꽃이 피어올랐다.

무명은 먼저 문 틈새를 살폈다.

틈새는 한 치의 오차도 없이 벽과 꼭 들어맞았다.

불빛이 밖으로 새어 나갈 염려가 없다는 것을 확인하자 그는 몸을 돌렸다.

그리고 관음보살상 내부를 유심히 살폈다.

관음보살상 내부는 마치 둥그런 벽이 사방을 막고 있는 작은 공터 같았다.

무명은 생각했다.

'속이 빈 거대한 통나무 속에 들어와 있는 기분이군.'

내부는 텅 비어 있었다.

그러나 거대한 몸집을 지탱할 수 있도록 곳곳에 나무로 된 뼈대가 서 있었다.

뼈대는 수평과 수직, 또는 대각선으로 복잡하게 얽혀 있었다.

마치 미궁의 지도를 보는 듯했다.

무명은 기름불을 들고 안으로 들어갔다.

나무 뼈대가 여기저기 서 있어서 머리를 숙이고 구부정한 자세로 걸어야 했다.

그러다가 찾고 있던 것을 발견했다.

'여기 있었군.'

내부의 정중앙에 수직으로 뻗은 사다리가 있었다.

무명은 기름불이 얼굴에 닿지 않도록 종지 끝을 입에 물었다. 그리고 사다리를 오르기 시작했다.

어둠 속에서 얼마나 사다리를 올랐을까.

갑자기 위에 천장이 나타났다.

관음보살상처럼 거대한 신상은 몸체를 유지하도록 다락방처럼 중간에 천장을 만든다.

천장에는 사람 한 명이 통과할 만한 크기의 구멍이 뚫려 있었다.

사다리는 구멍 위로 계속 이어져 있었다.

무명은 사다리를 올라서 구멍을 통과했다.

천장 위에 발을 올린 그는 입에 문 기름불을 손에 들고 좌우를 살폈다.

구석진 곳의 어둠 속에서 사람 그림자가 어른거렸다.

잠행조였다.

그들은 모두 다섯 명이었다. 남자 셋에 여자 둘.

무명은 피식 웃음을 흘렸다.

'다들 살아 있었군.'

지하 도시의 중간에서 둘로 나뉘어져 흩어졌던 잠행조.

그들 다섯 명은 한 명의 낙오자도 없이 무사히 지하 도시를 탈출했던 것이다.

무명은 기름불을 들고 잠행조에게 다가갔다.

불빛이 그들의 얼굴을 밝혔다.

장청, 당호, 남궁유, 송연화, 그리고 이강.

잠행조는 다들 초췌한 얼굴이었다.

며칠 굶은 사람처럼 얼굴이 핼쑥했으며 살결은 생기가 없이 거칠고 어두웠다.

지하 도시를 탈출하면서, 또 내원의 금위군에게 붙잡히면서 고생을 한 흔적이 얼굴에 남아 있었다.

그러나 두 눈만은 총총히 빛나고 있었다.

무명을 반기는 눈빛이었다.

무명이 말했다.

"늦어서 미안하오. 환관 일이 생각보다 바빠서 말이오."

슬쩍 던진 농담.

그런데 아무도 대답을 하지 않았다.

이강 역시 말이 없었다.

평소라면 그는 더욱 고약한 농담으로 맞받아쳤을 것이다.

'이상하군.'

무언가 잘못됐다고 느낀 무명은 잠행조를 향해 기름불을 치켜들었다.

순간 그는 어찌 된 영문인지 깨달았다.

잠행조는 입에 재갈이 물린 채 형틀에 온몸이 구속되어 있었던 것이다.

형틀은 의자 같은 모습을 하고 있었다.

잠행조의 손과 발은 형틀에 붙은 수갑에 묶여 있었다.

그리고 수갑이 열리지 않도록 쇠사슬이 구멍에 꿰여 있었다.

또한 그들은 입에 둥근 공 모양의 재갈을 물고 있었다.

재갈 역시 형틀에 연결된 쇠사슬에 꿰여 있었다.

때문에 잠행조는 몸을 일으키는 것은커녕 말 한마디 꺼낼 수 없었던 것이다.

무명은 자기도 모르게 눈살을 찌푸렸다.

'이건 심하군.'

그는 청성이 잠행조를 감금해 놓았으리라고 예상했다.

하지만 잠행조의 신분이 명문정파의 후기지수들인 만큼 죄인처럼 대했을 리는 없다고 여겼다.

그런데 눈앞의 잠행조는 마치 마교의 우두머리를 붙잡아놓은 모습이 아닌가?

청성의 처사는 확실히 지나친 감이 있었다.

사람을 물건보다 못하게 취급하는 자.

'손속이 얼음처럼 차가운 자군.'

금위군 총대장에 오르려면 매사 일 처리가 이만큼 냉혹해야 되는 것일까?

아니면 청성의 원래 성정이 그러한 것일까?

무명은 청성의 진면목이 무엇일지 궁금했다.

그는 기름불을 들고 잠행조의 면면을 살폈다.

당호가 무명을 보자 반가운 눈빛으로 활짝 미소를 지었다.

만약 사지가 자유로웠다면 시끄럽게 수다를 떨 만큼 기쁜 표정이었다.

남궁유는 '또 너야?'라는 듯 심드렁한 표정이었다.

하지만 그녀 역시 입가에 살짝 걸린 미소는 지우지 못하고 있었다.

반면 장청은 표정이 어두웠다.

그는 화상을 입어서 한쪽 얼굴이 심하게 일그러져 있었다.

망자에게 폭혈화부를 붙이다가 독혈 세례를 정통으로 맞았던 장청.

그의 얼굴 왼쪽은 독혈에 맞아 살점이 타고 녹아내렸던 것이다.

청성이 의원을 불러 장청을 치료해 준 것 같았다.

하지만 상처가 워낙 심했는지 그의 얼굴은 마치 찢어진 천 조각처럼 보였다.

다시는 원래 얼굴을 찾을 수 없으리라.

장청은 무명을 힐끔 한번 보다가 이내 시선을 피해 버렸다.

무명도 그와 얼굴을 대하는 게 불편했다.

그는 고개를 돌리다가 송연화와 눈길이 마주쳤다.

송연화는 여전히 아름다웠다.

그녀는 꽤 고초를 겪었는지 얼굴에 핏기가 없고 파리했다.

그런데 핼쑥하고 창백한 얼굴이 오히려 더욱 요염해 보이는 것이었다.

송연화가 무슨 말을 하려는지 입술을 움직였다.

하지만 둥근 공 모양 재갈을 물고 있는 바람에 목소리는 나오지 않았다.

무명은 자기도 모르게 심장이 크게 뛰는 것을 느꼈다.

하지만 왜인지 이유는 알 수 없었다.

그는 눈빛으로 송연화에게 말했다.

'곧 풀어주겠소.'

그리고 마지막 잠행조에게 시선을 돌렸다.

이강. 사대악인, 아니, 강호제일악인을 자처하는 자.

입은 재갈이 물리고 사지는 형틀에 구속되어 있었지만 이강은 여전했다.

그가 입꼬리를 말아 올리며 씨익 웃었다.

두 눈이 없어서 입만으로 웃는 얼굴.

보는 사람의 마음을 기분 나쁘게 만드는 이강 특유의 미소였다.

무명도 피식 웃는 것으로 그의 미소에 대답했다.

"그간 잘 있었소?"

그는 이강의 대답을 기대하지 않았다.

이강 또한 재갈이 물려 있었으니까.

무명은 기름불을 들고 이강의 옆을 돌았다.

그리고 잠행조가 구속돼 있는 형틀 의자를 샅샅이 살폈다.

그가 찾는 것은 자물쇠였다.

'수갑 구멍을 꿰고 있는 쇠사슬을 빼내야 한다.'

단 한 줄의 쇠사슬이 잠행조 다섯 명의 형틀 수갑을 줄줄이 꿰고 있었다.

쇠사슬을 고정하고 있는 자물쇠를 연다면 모든 수갑을 풀수 있다는 뜻이었다.

곧 무명은 장청이 앉은 형틀 뒤에서 자물쇠를 발견했다.

무명의 예측이 옳았다.

자물쇠에는 쇠사슬이 칭칭 감긴 채 빗장이 찔려 있었던 것이다.

그가 품에서 열쇠를 꺼냈다.

'청성이 준 열쇠는 하나다.'

관음보살상의 발에 있는 문을 열었던 열쇠.

청성은 관음보살상의 문과 형틀의 자물쇠를 열쇠 하나로열 수 있도록 만들었을 것이다.

무명이 열쇠를 자물쇠의 구멍에 집어넣었다.

예측이 맞았다.

열쇠는 이번에도 한 치의 빈틈도 없이 꼭 들어맞았다.

그가 열쇠를 빙글 돌렸다.

철커⋯⋯.

순간 무명이 손을 멈췄다.

무언가 이상했다.

지금 일어나고 있는 일 중에 무언가가 하나 빠진 듯한 기분이 들었다.

'그게 뭐지?'

무명은 고개를 갸웃거렸다.

기분 탓인가? 그게 아니면?

머뭇거릴 여유는 없었다.

무명은 다시 열쇠를 잡고 빙글 돌렸는데…….

손이 움직이지 않았다.

이유는 알 수 없었다.

열쇠를 돌리는 것을 몸이 본능적으로 거부하고 있었다.

이대로는 일을 진행할 수 없었다.

무명은 한 걸음 뒤로 물러선 뒤 기름불을 들고 주위를 돌아봤다.

'대체 문제가 뭐지?'

일단 주위가 너무 조용한 것이 이상했다.

금위군이 삼엄하게 경비를 서고 있기 때문일까?

아니면 관음보살상이 별장에서 멀찍이 떨어진 곳에 있어서 사람들의 목소리가 들리지 않기 때문일까?

문득 무명은 왜 조용한 침묵이 이상한지 깨달았다.

'그게 아니다!'

실은 절대 조용할 리가 없었다.

무명은 자물쇠를 떠나 형틀 앞으로 돌아갔다.

그리고 누군가를 똑바로 쳐다봤다.

바로 이강이었다.

쉴 새 없이 독설과 조롱을 퍼부으며 남의 신경을 긁는

이강.

그런 그가 오랜만에 무명과 재회했는데 아직 한마디 말도 꺼내지 않고 있었다.

재갈이 물려 있어서 말이 없다고?

'그럴 리가 없지.'

무명은 이강과의 재회에서 무엇이 빠져 있는지 알아차렸다.

'전음!'

평소 이강이라면 무명과 만나자마자 전음으로 독설부터 날렸을 것이다.

게다가 그는 타인의 생각을 읽는 능력이 있었다.

무명이 관음보살상 문으로 들어오기 무섭게 존재를 알아차렸을 터였다.

무명은 기름불을 들고 잠행조를 살폈다.

형틀에 앉은 잠행조는 어쩐지 힘이 빠진 채 축 늘어져 있었다.

단순히 그간에 겪은 고초가 심해서는 아닌 것 같았다.

그 이유는 하나였다.

'산공독이군.'

산공독(散功毒)은 중독되면 일정 기간 동안 내공을 쓸 수 없는 독이다.

산공독의 중독 기간은 독성에 따라 다르다.

한두 시진 만에 해독되는 것이 있는가 하면, 며칠 동안 내공을 전혀 쓸 수 없는 것도 있었다.

억지로 내력을 끌어 올리면 주화입마에 드는 강력한 독도 존재했다.

'청성이 산공독을 쓴 게 틀림없다.'

즉 이강은 산공독에 중독되어 내공을 쓸 수 없기 때문에 전음을 보내지 못한 것이었다.

문제는 청성이 산공독을 쓴 까닭이었다.

단지 잠행조가 중간에 도망치는 것을 막기 위해서일까?

무명은 고개를 저었다.

'그건 아니다.'

사지를 형틀 수갑에 채우고 재갈을 물린 것도 부족해서 산공독까지 쓴다는 말인가?

어차피 명문정파의 후기지수들을 풀어주려고 마음먹은 자가?

그때 한 가지 이상한 점이 더 생각났다.

'축시.'

청성은 열쇠를 건네면서 축시라고 말했다.

그때는 축시에 잠행조를 탈출시키라는 뜻인 줄로만 알았다.

그런데 지금 생각해 보니 이상한 게 하나둘이 아니었다.

'왜 하필 축시지?'

청성은 관음보살상의 열쇠는 물론, 중대 비밀인 금위군의 암호까지 건넸다.

그런 마당에 굳이 축시를 고집할 필요가 있을까?

갑자기 무명이 멍하니 중얼거렸다.

"설마……."

그는 잠행조를 뒤로하고 몸을 돌렸다.

송연화가 의아해하는 눈빛으로 그를 쳐다봤다.

하지만 대답해 줄 시간이 없었다.

무명은 사다리를 타고 위로 올라갔다.

곧 관음보살상의 눈에 도착했다.

예상대로 눈은 막혀 있지 않고 뚫려 있었다.

또한 밖의 전망을 볼 수 있도록 밑에 발판이 붙어 있었다.

무명은 발판을 딛고 서서 고개를 내밀었다.

축시를 막 지난 밤 풍경은 칠흑처럼 어두웠다.

오직 관음보살상의 발밑, 태평루 주위만 군데군데 횃불이 불타며 밤을 밝히고 있었다.

그런데 기묘한 광경이 눈에 들어왔다.

관음보살상을 지키고 있어야 할 금위군이 한 명도 보이지 않는 것이었다.

'다들 어디 갔지?'

무명이 축시에 태평루로 왔을 때 금위군은 교대를 하는 중이었다.

그런데 막 교대한 자들이 자리를 지키고 있지 않다니?

기묘한 것은 또 있었다.

축제 때 관음보살상을 환하게 밝히던 등불들이 아직 그대로 묶인 채 매달려 있었다.

밤이 늦어서 철거할 시간이 없었던 것일까?

그게 아니라면…….

무명은 사다리를 타고 아래로 내려왔다.

그는 형틀 주위를 샅샅이 살폈다. 그리고 발견했다.

형틀 수갑들을 꿰고 있는 쇠사슬의 끝에 기관장치가 연결되어 있었다.

무명은 모든 사정을 알아차렸다.

'그랬었군.'

청성이 축시를 작전 시간으로 말한 것은 금위군을 철수시키기 위해서였다.

교대하는 척하면서 슬쩍 자리를 피하면 무명이 알아차리기 힘들 테니까.

잠행조를 산공독에 중독시킨 것도 무명에게 전음을 보내지 못하게 한 것이었다.

그리고 열쇠.

쇠사슬에 연결된 기관장치에는 긴 심지가 붙어 있었다.

자물쇠를 열고 쇠사슬을 수갑에서 빼는 순간 기관장치가 심지에 불을 붙이리라.

불붙은 심지는 밖으로 연결되어 아직 철거하지 않은 등불까지 타들어가리라.

아니, 그것들은 등불이 아니었다.

'폭뢰다!'

청성은 잠행조를 풀어줄 생각이 없었다.

무명과 함께 그들을 폭사시킬 속셈이었던 것이다.

6장.

망자들의 새벽

관음보살상을 환하게 밝히던 등불들의 정체는 폭뢰였다.

무명은 침을 꿀꺽 삼켰다.

'수갑의 쇠사슬을 빼면 기관장치가 발동되어 폭뢰에 불이 붙는다.'

청성은 무명이 폭뢰를 터뜨려서 잠행조와 함께 죽도록 함정을 팠던 것이다.

모든 정황이 청성의 흉계를 드러내고 있었다.

축시라는 시각, 금위군의 암호, 관음보살상의 열쇠.

게다가 산공독을 써서 잠행조가 무명에게 전음을 보내지 못하도록 한 것까지.

'대체 청성이 왜?'

무명은 그가 왜 잠행조를 죽이려 하는지 이해가 안 됐다.

잠행조는 이강을 제외하면 모두 명문정파의 후기지수들이다.

그들을 죽인다면 무당파는 은원을 씻을 방법도 없이 중원무림과 철천지원수가 된다.

'혹시 어쩌면……'

무명은 생각했다.

'청성은 전쟁을 벌일 속셈인가?'

그럴 법한 추측이었다.

무당파는 이미 관에 진출하여 금위군 총대장의 자리를 얻었다.

황제의 권위를 손에 넣은 무당파. 그들이 중원 무림을 집어삼키기로 결심했다면 명문정파의 사정을 봐줄 이유가 없었다.

아니, 이참에 후기지수들을 없앤다면 무림맹과 명문정파의 힘을 한풀 꺾는 셈이 되리라.

한 가지 의문이 있었다.

'잠행조를 죽일 생각이었다면 황궁에 감금되었을 때 처리해도 되지 않았나?'

의문은 금세 풀렸다.

지금 잠행조가 있는 곳이 영왕의 거처이기 때문이었다.

'영왕과 화산파에게 누명을 씌울 셈인가?'

잠행조가 황궁이 아니라 영왕의 별장에서 죽는다면 청성은 중간에 일이 틀어졌다면서 발뺌할 수 있을 것이다.

물론 제갈성이 그 말을 쉽게 믿을 리 없었다.

청성이 노리는 것은 영왕과 화산파를 끌어들여서 무림맹과 손을 잡지 못하도록 만드는 것이리라.

그렇다면 결론은 하나였다.

"놈이 나를 속였군."

청성이 무명에게 접근한 것은 일거양득을 위해서였다.

황궁에 숨어든 무림맹의 세작이 자기 손으로 관음보살상을 폭파시켜서 잠행조와 함께 죽는다면 꿩 먹고 알 먹는 셈이 아니겠는가?

무명이 차갑게 중얼거렸다.

"양머리를 보여주면서 실은 개고기를 준 것이냐?"

금위군의 암호였던 양두구육(羊頭狗肉)은 양의 머리를 내어놓고 개고기를 판다는 뜻이다.

즉 청성은 보기 좋게 무명을 속여 넘긴 것이었다.

무명은 기름불을 들고 기관장치를 살폈다.

기관장치는 복잡하고 견고해서 어둠 속에서 해체하는 것은 불가능했다.

잘못 건드렸다가는 심지에 불이 붙을지도 몰랐다.

사천당문은 암기와 기관장치를 잘 다루기로 유명하다.

그러나 정작 사천당문의 후기지수인 당호는 형틀에 감금되어서 도움을 줄 수 없었다.

열쇠로 수갑을 열고 잠행조를 빼낼 방법은 없었다.

무명은 초조해졌다.

'관음보살상이 제시간에 폭발하지 않아도 문제다.'

축시가 한참 지나도 아무 일이 없다면 청성은 대피시켰던 금위군을 다시 보낼 것이다.

그리고 금위군 희생자가 나올 위험을 감수하고 폭뢰를 터뜨릴 것이다.

시간이 없었다.

'어떻게 한다?'

심지가 불타는 동안 관음보살상을 빠져나가는 방법은 없을까?

문득 떠오르는 생각이 있었다.

'주작호의 물을 떠다가 불붙은 심지를 끈다면?'

하지만 금세 고개를 저었다.

폭뢰를 가장한 등불은 하나가 아니었다.

심지는 여러 갈래로 나뉘어져서 관음보살상의 곳곳으로 연결되어 있을 게 뻔했다.

그중에 하나만 놓쳐도 폭뢰는 연쇄 폭발을 일으킬 것이다.

그때 무명이 어떤 생각에 고개를 번쩍 들었다.

'폭뢰들을 몽땅 물속에 빠뜨린다면?'

관음보살상은 주작호 바로 옆에 서 있었다.

만약 관음보살상을 주작호 위로 쓰러뜨릴 수 있다면 심지와 폭뢰는 물에 흠뻑 젖을 것이 아닌가!

게다가 관음보살상이 호수에 빠지면 잠행조의 탈출은 더욱 수월해지게 된다.

'호수를 헤엄쳐서 탈출하기에는 그 편이 오히려 낫지.'

무명은 결심을 굳혔다.

'관음보살상을 주작호로 쓰러뜨리자.'

그는 자리를 뜨기 전에 잠행조를 돌아봤다.

그러다가 송연화와 눈길이 마주쳤다.

"다시 돌아오겠소."

그녀가 영문을 모르겠다는 눈으로 무명을 쳐다봤다.

하지만 설명해 줄 여유가 없었다.

무명은 사다리를 타고 아래로 내려갔다.

그리고 문을 열고 밖으로 나왔다.

무명이 관음보살상에서 나오고 있을 때였다.

축시에 태평루를 지키러 왔던 금위군들이 자리를 떠나 이동하고 있었다.

금위군은 모두 여섯 명이었다.

그들 중 하나가 고개를 갸웃거리며 말했다.

"총대장님 명령이 이상하지 않아? 반 시진 동안 자리를 비우라고?"

다른 자가 맞장구를 쳤다.

"나도 그게 미심쩍어. 그동안 관음보살상은 누가 지키지?"

그러자 조장으로 보이는 자가 말했다.

"우리가 상관할 바가 아니다. 우리는 그냥 총대장님 명령에 따르면 돼."

금위군 여섯 명은 곧 야영터에 도착했다.

야영터는 영왕 별장에서 조금 떨어진 곳에 위치한 공터에 있었다.

공터는 곳곳에 횃불이 불타고 있어서 대낮처럼 밝았다.

또한 야영을 위해 금위군들이 만든 천막 수십여 개가 빽빽하게 들어차 있었다.

금위군들이 자기 조의 천막을 찾았다.

병정(丙丁) 십이(十二)라고 표시된 천막이었다.

천막을 찾은 그들은 안으로 들어갔다.

밖은 싸늘했지만 천막 안은 두터운 가죽을 바닥에 깔고 바람을 막아서 따뜻했다.

금위군의 경비는 삼교대다.

총 인원을 셋으로 나누면 하루 열두 시진 중 네 시진은 경비를 서야 한다.

무거운 갑주를 걸치고 병장기를 지닌 채 네 시진을 경비 서는 것은 쉽지 않은 임무였다.

피곤에 지친 금위군들이 자리에 털썩 주저앉았다.

그중 하나는 갑주를 풀 생각도 없는지 벌렁 드러누웠다.

조장이 말했다.

"임가야, 밥은 먹고 눈을 붙여라."

"싫소. 조장이나 많이 드시오."

"지금 안 먹으면 새벽에는 시간이 안 날지도 모른다. 먹어 둬. 이건 명령이야."

"에휴, 그놈의 명령."

금위군 하나가 구석에 놓인 상자에서 육포를 꺼냈다.

전투식량인 육포는 맛이 짜고 거칠었다.

금위군들은 육포를 입에 넣고 질겅질겅 씹었다.

꼭 나무껍질을 씹는 기분이었다.

임가라는 자가 불쑥 입을 열었다.

"근데 총대장님이 황궁 나설 때 하신 말씀 기억하시오?"

"망자를 조심하라는 것 말이냐?"

조장이 피식 웃으며 말했다.

"소문은 들어봤다. 죽은 시체가 되살아나서 산 사람을 잡아먹는다는 소문. 버릇없는 아이들 겁줄 때 하는 이야기 같더군."

그러자 다른 금위군이 끼어들었다.

"하지만 망자는 뜬소문 같지 않소. 망자한테 물려서 감염되면 그 사람도 망자가 된다는 말이 있소."

"감염된다고?"

"그렇소. 개봉에서 온 상인한테 들은 얘기인데, 개봉은 이미 망자들이 몇 번 출몰했다고 하오. 그 문제로 구파일방에 속하는 개방이 난리가 났다고 들었소."

"훗, 빌어먹는 거지들이 강호인이랍시며 나대는 패거리 말이냐?"

"하하하하!"

조장의 말에 금위군들이 한바탕 웃음을 터뜨렸다.

조장이 손을 들어 허리춤에 찬 환도를 툭 쳤다.

"망자든 강시든 상관없다. 목을 베면 그만이지."

"하긴 그렇군."

금위군들이 고개를 끄덕이며 수긍했다.

그때였다.

"…안에 계시오?"

밖에서 누군가의 목소리가 들렸다.

"누구냐?"

"영왕 전하께서 보낸 사람이오."

"……!"

금위군들은 정신이 번쩍 들어서 몸을 일으켰다.

시위 한 명이 천막을 젖히고 안으로 들어왔다.

영왕이 친히 보낸 시위는 곧 영왕이나 마찬가지였다.

금위군 여섯은 한쪽 무릎을 꿇은 자세로 예를 표했다.

"신들이 영왕 전하의 명을 받듭니다."

"명을 내리러 온 게 아니니 모두 편히 있으시오."

시위가 밖으로 나가더니 나무 궤짝을 들고 와 바닥에 내려
놓았다.

계속해서 궤짝 위에 김이 모락모락 나는 뜨거운 국수와 삶
은 쇠고기가 듬뿍 담긴 사발을 차례로 놓았다.

"영왕 전하께서 오늘 애썼다며 금위군에게 술과 음식을 내
리셨소."

"오오……."

산전수전을 다 겪은 금위군들도 무심코 신음을 흘렸다.

그러다가 이내 정신을 차리고 일제히 외쳤다.

"영왕 전하께 감사드립니다!"

"그럼 맛있게 드시오."

시위가 천천히 몸을 돌리더니 느릿느릿 천막을 나갔다.

방금까지 나무껍질 같은 육포를 씹던 금위군들에게 눈앞의
음식은 진수성찬이었다.

금위군들이 젓가락을 들고 음식에 달려들었다.

후루룩후루룩, 쩝쩝쩝…….

"영왕 전하가 성정이 호방하다더니 헛소문이 아니었군!"

금위군 하나가 소리치자 다들 고개를 끄덕였다.

"태자 전하도 영왕 전하 같으면 얼마나 좋을까."

"임가야, 입 좀 조심해라."

"뭐 내 말이 잘못되었소?"

"알았으니까 국수나 처먹어."

뜨거운 국물을 들이켜자 추위에 떨던 몸이 풀어졌다.

금위군들은 정신없이 국수를 먹고 쇠고기를 씹었다.

"이러다 안주 다 떨어지겠군. 술이나 한잔씩 하자."

"좋소!"

금위군은 기강이 삼엄해서 임무 중에는 절대 술을 마시면 안 되었다.

하지만 영왕이 축제 중에 친히 내린 술이니 경우가 달랐다.

또한 시위가 술을 준 것은 총대장 청성이 이미 가벼운 음주를 허락했기 때문이리라.

금위군들이 국수와 고기 사발을 치웠다.

조장이 나무 궤짝을 열며 말했다.

"영왕 전하가 무슨 술을 내렸으려나?"

"여아홍(女兒紅)? 아니면 죽엽청(竹葉靑)?"

"임가 네놈, 욕심도 많군."

말은 그렇게 했지만 조장도 근사한 술이 나오리라고 기대했다.

그가 궤짝 뚜껑을 들어 올렸다.

금위군 여섯이 궤짝 위로 머리를 들이밀었다.

"무슨 술이오?"

"글쎄다……."

궤짝 속에 들어 있는 것은 중간 크기의 항아리였다.

그런데 항아리의 모습이 왠지 이상했다.

술을 담은 항아리라면 천이나 종이로 병목을 둘러서 막아 놓는 게 보통이다.

술의 맛을 보존하고 향기가 날아가는 것을 방지하기 위해 서다.

하지만 궤짝 속의 항아리는 천이나 종이가 둘려 있기는커 녕 병목이 아예 없었다.

조장이 고개를 갸웃거리며 항아리를 꺼냈다.

"어디로 술을 따르는 거지?"

그가 얼굴을 바싹 들이대고 병목을 찾았다.

그때였다.

쩌어어억! 항아리 윗부분이 네 갈래로 갈라지며 잎을 활짝 펼쳤다.

조장이 넋을 잃고 중얼거렸다.

"이게 뭐야……?"

항아리 속에서 수백 다발의 혈선충이 뿜어져 나와 조장의 얼굴을 덮쳤다.

쐐애애애액!

무명은 관음보살상을 돌아서 앞으로 갔다.

웬만한 오 층 전각과 비슷한 높이의 관음보살상.

무명 혼자서는 절대 쓰러뜨릴 수 없는 거대 신상이었다.

그러나 무명은 계책이 있었다.

'방법은 수레에 있다.'

관음보살상의 발밑에 깔려 있는 수레는 아직 그대로였다.

수레에는 말이 끌었던 밧줄이 여전히 매여 있었다.

무명은 오른쪽 수레의 밧줄을 어깨에 짊어 맸다.

밧줄은 굵기가 어른 손목만큼 두꺼웠다.

걸음을 옮기자니 발이 후들거릴 정도로 무거웠다.

그는 숨을 몰아쉬며 발을 옮겼다.

"후욱, 후욱……."

주위를 지키던 금위군이 한 명도 보이지 않아서 들킬 염려는 없었다.

금위군은 태평루 옆의 공터에 통나무를 박고 말들의 고삐를 묶어놓았다.

관음보살상을 끌고 온 말들이었다.

무명은 일부러 태평루 주위를 빙 돌아서 말들에게 갔다.

그가 다가오자 잠이 깬 말들이 히히힝거리며 울었다.

"쉿, 착하지. 조용히 해라."

말들은 관음보살상을 끌던 마구(馬具)를 몸에 두르고 있었다.

내일 다시 영왕 저택으로 행차해야 되기 때문이었다.

무명은 밧줄 끝에 걸린 고리를 말 뒤에 있는 마구에 걸었다.

그리고 빠지지 않도록 밧줄을 마구에 여러 번 휘감았다.

모든 준비가 끝났다.

무명이 말 귀에 대고 속삭였다.

"미안하다."

그가 말 엉덩이에 대고 화섭자를 분 다음 재빨리 뒤로 물러섰다.

화악! 불꽃이 말 엉덩이에 튀었다.

히히히힝!

잠결에 봉변을 당한 말이 앞발을 들고 울부짖었다.

말은 앞발과 뒷발을 번갈아 겅중거리면서 날뛰다가 앞으로 뛰어나갔다.

한 마리가 앞으로 나가자 몸에 연결된 마구가 다른 말들까지 덩달아 잡아끌었다.

좌르르륵! 히히히힝!

십여 마리의 말이 발광하며 달리기 시작했다.

태평루의 기둥에 빙 둘러서 쳐 있던 밧줄이 순식간에 팽팽해졌다.

'지금이다!'

무명은 관음보살상을 향해 달렸다.

폭뢰가 물에 잠길 때 자물쇠를 풀고 잠행조를 구하느냐, 아니면 관음보살상이 쓰러지자 달려온 금위군에게 잡히느냐.

남은 것은 시간 싸움.

말 십여 마리가 밧줄을 붙든 채 달리기 시작했다.

무명은 일부러 태평루를 반 바퀴 빙 돈 다음 말들에게 밧줄을 연결했다.

태평루의 기둥을 지렛대처럼 이용하기 위해서였다.

밧줄이 위로 떠오르며 순식간에 팽팽해졌다.

파앙!

말 십여 마리가 발광하며 당기자 밧줄이 태평루의 기둥을 강하게 마찰했다.

기둥이 옆으로 기울면서 굉음을 토했다.

끼기기긱!

이어서 관음보살상을 싣고 있는 수레의 바퀴가 부르르 떨리는가 싶더니 어느 순간 반 바퀴를 회전했다.

덜컹!

바퀴가 조금씩 앞으로 굴러갔다.

동시에 거대한 관음보살상이 천천히 이동했다.

무명은 정신없이 뛰고 또 뛰었다.

그가 왼쪽 수레의 밧줄만 들고 온 것은 이유가 있었다.

밧줄은 태평루의 기둥을 거쳐서 방향을 틀었기 때문에 기슭 엄(厂) 자 모양이 되어 있었다.

즉 말들이 한쪽 수레만 끌게 해서 관음보살상이 옆으로 돌게끔 만든 것이었다.

관음보살상이 옆으로 회전하며 삐딱하게 움직였다.

거대 신상의 무게가 왼쪽에만 실리자 수레바퀴가 타원형으로 짓눌리며 굉음을 냈다.

쿠릉쿠릉쿠릉…….

바퀴 하나가 결국 압력을 이기지 못하고 부서졌다.

콰지직!

왼쪽 수레의 바퀴가 사라지자 관음보살상이 옆으로 기울기 시작했다.

계속해서 바퀴가 차례차례 터져 나갔다.

콰직콰직콰직!

관음보살상이 점점 더 빨리 몸을 비틀었다.

그리고 어느 순간, 균형을 잃은 몸체가 서서히 주작호를 향해 기울었다.

기우뚱!

무명은 주먹을 불끈 쥐었다.

'성공이다.'

이제 남은 것은 시간 싸움이었다.

'금위군이 오기 전에 잠행조를 탈출시켜야 한다.'

무명은 관음보살상의 발치에 도착했다.

하지만 당장 내부로 들어갈 수는 없었다.

관음보살상이 무너지는 통에 휩쓸렸다가는 잠행조 탈출은 커녕 목숨이 위험해질 테니까.

그는 조금 떨어진 곳에서 관음보살상이 넘어가는 모습을 지켜봤다.

오 층 전각 높이의 거대 신상이 모로 쓰러지는 광경은 장관이었다.

옆에 있는 무명은 마치 산이 넘어지는 듯한 느낌까지 받았다.

구우우우우… 처얼썩!

관음보살상이 정통으로 주작호 위에 쓰러졌다.

촤아아아아!

거대 신상이 떨어지자 주작호의 물결이 해일처럼 솟아올랐다.

발광하며 날뛰던 말들이 밧줄이 당겨지는 바람에 역방향으로 끌려가며 공중에 떠올랐다.

히히히힝!

난리도 이런 난리가 없었다.

그러는 중에 무명은 놓치지 않고 관음보살상을 주시

했다.

거친 파도처럼 솟아오른 물살이 관음보살상의 전신을 뒤덮었다. 촤아아악!

순간 무명이 앞으로 튀어 나갔다.

'지금이다.'

관음보살상은 주작호의 물세례에 전신이 흠뻑 젖었다.

이제 기관장치가 작동해도 심지가 물에 젖어서 폭뢰가 터지지 않을 거라고 생각했다.

하지만 만약 물에 젖지 않은 심지가 있다면?

무명도 잠행조도 모두 끝장이리라.

그야말로 목숨을 건 도박.

물세례가 만든 뿌연 안개 탓에 불과 세 걸음 앞도 보이지 않았다.

물안개 속을 뚫고 나가던 무명이 쓰러진 관음보살상의 발을 발견했다.

'저기다.'

다행히 관음보살상의 문은 수면 위로 반쯤 나와 있었다.

물속으로 잠수해서 문을 찾아야 할 수고는 던 셈이었다.

그러나 주작호의 물이 안으로 콸콸콸 흘러 들어가고 있었다.

무명이 미처 예상하지 못한 상황이었다.

'시간이 없다. 조금 있으면 안이 물에 잠길 터.'

그때까지 잠행조를 구해내지 못하면 형틀 의자에 구속된 그들은 꼼짝없이 물속에 잠기고 말리라.

무명이 문 안으로 들어갔다.

그런데 발을 디딜 곳을 찾다가 하마터면 중심을 잃고 추락할 뻔했다.

관음보살상이 옆으로 누운 자세로 쓰러지는 바람에 바닥은 벽이 되고 벽은 바닥이 되어버렸던 것이다.

그는 나무 뼈대를 외나무다리 삼아 걸으며 사다리를 찾았다.

곧 어둠 속에서 사다리를 발견했다.

먼저는 사다리를 타고 올라갔지만 이번에는 징검다리를 건너듯이 사다리를 밟고 이동했다.

중간에 있던 천장은 관음보살상이 쓰러지자 벽처럼 옆으로 서 있었다. 무명이 천장에 난 구멍을 통과했다.

'잠행조는?'

그가 고개를 돌려 잠행조를 찾았다.

잠행조 다섯 명은 무사했다.

형틀이 바닥에 쇠못으로 박혀 있던 탓에 그들은 의자에 묶인 채로 꼼짝 못 하고 있었다.

무명은 쓴웃음을 흘렸다.

다섯 명의 남녀가 누운 자세로 벽면에 앉아 있는 광경이 어처구니없기도 하고 우스꽝스럽기도 했던 것이다.

그래도 의자가 붙박이였던 게 천만다행이었다.

만약 의자가 바닥에서 떨어졌다면 잠행조는 내동댕이쳐져서 큰 부상을 입었으리라.

무명이 나무 뼈대를 붙잡고 잠행조에게 다가갔다.

그가 품에서 열쇠를 꺼낸 뒤 자물쇠에 찔러 넣었다.

그리고 열쇠를 돌렸다.

철컥.

자물쇠가 열렸다.

무명은 자물쇠를 던지고 쇠사슬을 잡아당겼다.

촤르르르. 잠행조의 손과 발에 채워진 수갑에서 쇠사슬이 빠져나갔다.

잠행조가 한 명씩 수갑을 열고 몸을 일으켰다.

그들은 입에 물려 있던 둥근 공 모양의 재갈을 손으로 꺼내어 집어 던졌다.

"빌어먹을. 누굴 축생으로 아나?"

거친 말투. 이강이었다.

"무당파 놈, 이 빚은 꼭 갚아주마."

이강은 형틀에서 풀려나자마자 청성에게 빚을 갚으리라고 혼잣말로 다짐했다.

그 싸늘하고 냉랭한 말투에 무명은 오싹 소름이 돋았다.

계속해서 창천칠조가 무명에게 한마디씩 감사의 말을 건

넀다.

당호가 눈을 가늘게 뜨고 웃으며 말했다.

"감사합니다. 그런데 너무 늦으셨군요. 온몸이 쑤시고 쥐가 난 지 오래란 말입니다."

"황궁 일이 바빠서 시간 내기 힘들었소."

무명이 여유롭게 농담으로 받아쳤다.

남궁유가 고개는 앞으로 돌린 채 눈을 흘기며 무명을 봤다.

"흥, 서생이 무공만 할 줄 모르고 못 하는 게 없네."

말과는 달리 목소리는 쌀쌀맞지 않았다.

아미파의 제자이자 남궁세가의 여식인 남궁유. 콧대 높은 그녀다운 감사의 표시였다.

이어서 송연화가 말했다.

"고마워요. 덕분에 목숨을 건지는군요."

"…마땅히 해야 할 일이오."

그녀는 그윽한 눈으로 무명을 바라봤다.

무명은 심장이 크게 뛰었다.

그 이유가 금위군이 들이닥칠 위기에 처해서인지 아니면 송연화를 눈앞에 두고 있어서인지 알 수 없었다.

반면 장청은 차갑게 한마디를 던질 뿐이었다.

"고맙소."

그의 목소리는 화상으로 일그러진 얼굴만큼이나 음울하기

짝이 없었다.

이강이 무명에게 고개를 돌렸다.

그는 두 눈이 없으나 무명을 빤히 바라보는 듯한 얼굴이었다.

남의 생각을 읽는 능력이 있기 때문이리라.

"서생 놈, 이것으로 한 번 더 빚진 거냐?"

"아니오. 이번 일은 무림맹의 작전이니 굳이 내게 빚을 진 셈으로 치지 않아도 좋소."

"쏨쏨이 한번 시원하군."

"어디 당신만 하겠소?"

둘의 대화는 모르는 자가 들었다면 원수지간으로 착각할 만큼 차가웠다.

하지만 무명과 이강은 이미 생사의 고락을 몇 번이나 같이 넘겼다.

때문에 그들의 말투에는 남이 느낄 수 없는 둘만의 전우애가 담겨 있었다.

그때 송연화가 물었다.

"그런데 왜 신상이 옆으로 쓰러진 거죠?"

"내가 쓰러뜨렸소."

"왜 그랬죠?"

"관음보살상의 몸체에 폭뢰가 설치되어 있소."

"뭐라고요?"

송연화를 포함한 잠행조가 입을 딱 벌리며 경악했다.

당호가 물었다.

"형들 옆에 있던 기관장치에 심지가 연결되어 있던데, 혹시 폭뢰 심지입니까?"

"맞소. 심지는 여러 갈래로 나뉘어져 있었소. 때문에 관음보살상을 주작호의 물 위로 쓰러뜨린 것이오."

"심지를 물에 적셔서 불이 붙지 않게 했군요!"

"그렇소."

무명이 고개를 끄덕이며 말을 이었다.

"금위군 총대장 청성은 잠행조를 아무 조건 없이 놓아주겠다고 했소. 하지만 거짓말이었소. 그는 폭뢰를 터뜨려서 당신들을 제거할 생각이오."

송연화가 소리쳤다.

"말도 안 돼요. 청성은 황궁 관리지만 엄연히 무당파의 제자라고요!"

그때 이강이 끼어들었다.

"명문정파 놈들이 다 그렇지."

"무슨 뜻이죠?"

"청성 놈이 아무 대가 없이 네놈들을 풀어준다고? 설마!"

이강이 검지로 창천칠조를 가리키며 말했다.

"놈이 망자비서라도 달라고 했으면 했지, 그냥 놓아줄 리가 없지."

"망자비서는 중원 무림의 안위를 위한 공물이에요. 관과 연을 맺고 있는 무당파에게 넘겨줄 수는 없어요."

"내 말이 그 말이다. 어차피 내놓지도 않을 망자비서, 차라리 네놈들을 몽땅 죽여서 무림맹의 세를 꺾으려고 하는 게 청성의 생각이겠지."

"……"

송연화가 침을 꿀꺽 삼키며 침음했다. 이강의 말이 충격이었던 것이다.

당호가 작은 눈을 더욱 가늘게 뜨며 말했다.

"그럼 무당파는 무림맹, 더 나아가 구대문파와 오대세가에게 정면으로 도전한 셈이 됩니다."

"태자도 손에 넣었겠다, 금위군도 마음대로 움직일 수 있겠다, 무당파가 무림맹 따위에게 퍽이나 신경 쓰겠군."

"정말 그렇게 생각하십니까?"

"그래. 아니면 서생 놈 생각을 들어볼까?"

창천칠조가 무명을 돌아봤다.

무명이 차갑게 대답했다.

"이강의 말이 맞소."

"……"

무명이 잘라서 말하자 잠행조도 더는 반박하지 못했다.

그때 침음하고 있던 장청이 입을 열었다.

"무당파가 기어이 무림맹과 척을 지려는군."

장청의 목소리는 얼음처럼 냉혹했다.

"무당파는 이제 무림맹의 징벌을 받을 것이오. 중원 무림의 뜻을 거슬렀으니 그들은 멸문지화를 면치 못할 거요."

무명은 그의 말투가 예전 창천칠조의 일원이던 악척산과 닮았다고 느꼈다. 명문정파의 위엄과 자존심을 잔뜩 내세우는 말투였다.

무명이 침묵을 깨고 말했다.

"시간이 없소. 서둘러야 하오."

"곧 금위군이 오겠군요?"

"그렇소."

잠행조는 정신이 번쩍 들었다.

일행은 어둠 속에서 나무 뼈대를 밟고 자리를 이동했다.

그런데 무명이 문이 있는 쪽과 반대 방향을 가리키는 것이었다.

"이쪽이오."

"반대쪽으로 가자고요?"

"문이 아니라 관음보살상의 눈으로 나가야 되오."

"금위군을 피하기 위해서군요."

"눈을 통해 나가서 다들 주작호로 뛰어드시오. 그리고 금위군의 포위망이 없는 곳까지 헤엄쳐서 도주하시오. 청성의 눈을 피하려면 그 방법밖에 없소."

잠행조가 고개를 돌려 서로를 쳐다봤다.

무명은 그들의 심사가 훤히 보였다.

적과 당당히 맞서지 못할망정 자맥질로 도망쳐야 하다니. 명문정파의 후기지수인 잠행조로서는 체면이 구기는 일일 것이다.

당호가 푹 한숨을 쉬었다.

"산공독 때문에 온몸에 힘이 없는데 졸지에 헤엄까지 치게 생겼군요."

남궁유는 그녀답게 불평을 터뜨렸다.

"말도 안 돼! 나 찬물에 먹 감으면 고뿔 걸린단 말야!"

이강이 킬킬거리며 말했다.

"그럼 네년 혼자 여기서 금위군을 기다려라. 내가 다시 수갑이라도 채워주랴?"

"죽고 싶어?"

일행은 사다리를 징검다리처럼 밟으며 이동했다.

이강이 무명에게 다가오더니 물었다.

"밖에 금위군이 없는 게 확실하냐?"

"청성이 부하를 희생시키는 게 싫었는지 경비를 물렸소. 하지만 관음보살상이 쓰러졌으니 지금 달려오고 있을 것이오."

무명이 대답하고 바로 반문했다.

"그냥 내 생각을 읽으면 되지 않소? 아니, 청성의 생각을 이미 읽어서 알고 있는 것 아니오?"

"그게 말야, 사정이 있다."

"무슨 사정?"

"산공독을 마셨더니 남 생각이 안 들린다."

"내공을 못 쓰면 생각을 읽는 능력도 못 쓴다는 말이오?"

"그래."

"그것 참 대단한 능력이시군."

무명이 비아냥거렸다.

그러자 이강이 냉랭하게 말을 던진 뒤 몸을 돌리는 것이었다.

"하나 알아둬라. 흑랑성 놈들이 내 머릿속을 이렇게 만들어 놨을 뿐이다. 난 다른 놈들 골통 속은 관심도 없고 들여다보고 싶지도 않아."

무명은 이강의 등을 보며 어깨를 으쓱했다. 그는 흑랑성 얘기만 나오면 이상하리만큼 이성을 잃고 흥분했다.

곧 일행은 관음보살상의 눈에 도착했다.

"나갑시다."

일행은 한 명씩 눈을 통해 밖으로 나왔다.

무명이 잠시 동안의 작별 인사를 했다.

"무사히 도주하길 바라겠소."

잠행조가 고개를 끄덕였다. 그들 다섯 명이 호수로 뛰어들기 위해 몸을 돌렸다.

그때였다.

"그렇게는 안 되지!"

"누구 마음대로 도망치려고?"

지나치게 쾌활한 목소리.

쌍둥이처럼 서로 주고받으며 말하는 버릇.

화산쌍로가 관음보살상 위에서 팔짱을 낀 채 잠행조의 앞을 가로막고 있었다.

관음보살상을 주작호에 쓰러뜨려서 폭뢰 심지를 물에 젖게 만든다는 작전.

작전은 보기 좋게 성공했다.

형틀 수갑에서 쇠사슬을 빼냈지만 폭뢰는 폭발하지 않았다.

무명과 잠행조는 관음보살상의 눈을 통해 밖으로 나왔다.

그때였다.

두 개의 인영이 잠행조의 앞을 가로막는 것이 아닌가?

"그냥 가려고? 그렇게는 안 되지."

"갈 때 가더라도 통행료는 내고 가야지."

항상 인피면구를 쓰고 다니며 손속이 유난히 잔인한 두 명의 고수.

바로 화산쌍로였다.

이강이 툭 말을 내뱉었다.

"다 된 밥에 코 빠뜨린 격이군."

그 말이 무명의 가슴을 비수처럼 찔렀다.

청성의 흉계를 깨닫고 우수전의 눈을 피해 성공시킨 잠행조 탈출 작전.

그런데 마지막 순간에 생각지도 못한 훼방꾼들이 나타날 줄이야……

무명은 생각했다.

'내 실수다.'

지금 있는 곳은 영왕의 별장이다.

무당파가 태자와 줄을 잇고 있는 것처럼, 화산파는 영왕 편에 서서 중원을 손아귀에 넣을 야심을 품고 있었다.

이미 대명각에 화산쌍로와 자객들을 보냈던 화산파.

그런 화산파가 잠행조를 무사히 보내준다는 것은 말이 안 됐다. 굶주린 아귀가 입속에 들어온 먹이를 삼키지 않고 뱉을 리가 없지 않은가?

'영왕 거처에 발을 들인 이상 화산파가 어떻게 나올 것인지 대비해야 했다.'

무명은 입술을 질끈 깨물었다.

하지만 이미 엎질러진 물이었다.

화산쌍로가 팔짱을 낀 채 거들먹거리며 말했다.

"사내 넷에 계집 둘. 도합 여섯 명이니 통행료가 꽤 나오겠는걸?"

"귀찮으니까 여섯 명분을 한꺼번에 내라고."

송연화가 앞으로 나서며 물었다.

"당신들은 누구인데 우리 앞을 막는 거죠?"

"그건 네년이 알 필요 없고."

"그래, 우리는 통행료만 받을 거야. 통성명은 안 해."

무명이 창천칠조에게 둘의 정체를 말했다.

"저들은 화산쌍로요."

"……!"

"일주일 전 저들이 망자비서를 빼앗기 위해 자객을 대동하고 대명각을 암습했소."

"뭐라고요?"

창철칠조 네 명이 깜짝 놀라다가 곧 싸늘한 표정을 지었다.

무명이 정체를 발설하자 화산쌍로 역시 눈빛이 바뀌었다. 인피면구를 쓴 탓에 표정은 딱딱했지만 두 눈에서는 흉흉한 살기가 뿜어 나왔다.

"제갈성 놈이 눈치채고 있었군. 그렇다고 사방팔방에 대고 떠들어?"

"다시 만나면 그놈 입부터 꿰매주자."

그때 누군가가 앞으로 한 걸음 나왔다.

바로 장청이었다.

"우리는 무림맹의 작전을 수행하는 창천칠조다. 화산파 무리는 무림맹의 명을 들어라."

도도하기 그지없는 말투.

그러나 순순히 말을 들을 화산쌍로가 아니었다.

"창천칠조? 창천대가 몽땅 죽자 하룻강아지들을 모아서 만들었다는 놈들?"

"크크크, 너무 그러지 마라. 듣는 하룻강아지 기분 나쁠라!"

장청이 소리쳤다.

"감히 무림맹을 거역하느냐? 화산파는 멸문지화를 면치 못할 것이다!"

무명은 속으로 한숨을 쉬었다.

'화산쌍로 말이 맞다. 적어도 장청은 하룻강아지다.'

상황을 돌아보지 않고 무작정 분노를 터뜨리는 장청. 그는 예전 동료인 악척산이나 탁상공론을 입에 담는 제갈윤처럼 오만방자하게 바뀌어 있었다.

무엇이 그를 변하게 만들었을까?

독혈에 맞아 얼굴이 다시는 회복될 수 없을 만큼 큰 화상을 입었을 때 장청의 마음속에서 무언가가 부수어졌던 것이었다.

항상 예의를 차리며 침착하던 장청은 이제 어디에도 없었다.

화산쌍로가 다가왔다.

"멸문지화? 화산파를 없애겠다고?"

"어디 한번 해보시지!

그때 무명이 화산쌍로와 장청의 사이를 가로막았다.

"지금 이럴 시간이 없소."

"그거야 네 사정이고."

"비켜라. 어차피 저놈 손본 뒤에 네놈 차례니까."

무명은 일단 자리를 피하는 게 우선이라고 생각했다.

화산쌍로는 피 맛을 보고 싶어 하는 늑대 같은 자들이다. 하지만 청성과 금위군은 호랑이 같은 존재였다.

"금위군이 곧 도착할 것이오. 빨리 여기를 떠야 하오. 우리는 물론 당신들도."

그러나 화산쌍로는 무명의 경고를 무시했다.

"무당파 놈이 졸개들 거느리고 온다고 화산이 물러설 줄 알았냐?"

"이봐, 우리 입으로 화산파를 들먹이면 어떡해?"

"어차피 들통났는데 뭐 어때."

"그런가?"

화산쌍로는 금위군이 조금도 두렵지 않은 기색이었다.

그렇다면 남은 것은 하나였다.

'한판 싸움을 피할 수 없겠군.'

무명이 잠행조를 돌아봤다. 잠행조 역시 같은 생각을 하는지 눈빛이 차갑게 가라앉아 있었다.

"무당파 놈이 온다니까 빨리 이놈들 목을 베자."

"몽땅 죽이면 안 되지!"

"아니, 왜?"

"몰라서 묻냐? 망자비서를 빼앗아야 되잖아!"

화산쌍로는 마치 어린아이들이 못된 장난질을 계획하는 것
처럼 떠들었다.

"어떤 놈을 인질로 삼을까?"

"일단 사내놈들은 그냥 죽이자."

"좋아. 그럼 저 두 년 중에 누구로?"

"굳이 고를 거 있어? 둘 다 잡아가면 되잖아. 마침 쪽수도
딱 맞네."

화산쌍로가 느끼한 눈빛으로 송연화와 남궁유의 전신을
훑었다.

잠행조는 기가 막혔다.

명색이 화산파의 제자라는 자들이 지금 같은 상황에서 색
을 밝히며 수다를 떤다고?

그때였다.

"정했다! 난 이년으로 할래!"

"그럼 난 저년을 잡을게!"

화산쌍로가 한 명은 송연화에게, 한 명은 남궁유에게 몸을
날렸다.

타타탓!

둘의 그림자가 분명 관음보살상 머리 쪽에 서 있는가 싶었
는데 어느새 송연화와 남궁유의 코앞에 나타났다.

송연화와 남궁유가 깜짝 놀라며 뒤로 물러섰다.

두 여인을 음탕한 눈빛으로 보던 화산쌍로. 둘은 명문정파인의 명예 따위는 모르는 파락호였으나 무공만큼은 진짜였던 것이다.

"크하하하하!"

화산쌍로가 광소를 터뜨리며 두 여인에게 달려들었다.

하지만 그들이 미처 짐작하지 못한 게 있었다.

지금 관음보살상 위에 있는 잠행조 여섯 명 중에서 이강만 제외하면 두 여인이 바로 최고수라는 사실이었다.

화산쌍로 중 일로가 송연화를 향해 일장을 출수했다.

순간 송연화가 왼발을 뒤로 빼며 몸을 회전했다.

빙글!

그 바람에 일로의 손은 허공을 짚고 말았다.

팽이처럼 한 바퀴를 돈 송연화는 어느새 일로의 등 뒤로 돌아가 있었다.

그녀가 오른팔을 길게 뻗어 허공을 갈랐다. 그리고 몸을 회전하는 기세를 실어서 손등으로 일로의 뒷덜미를 내려쳤다.

팍!

그것으로 끝이 아니었다.

계속해서 송연화는 오른발을 앞으로 뻗으며 진각을 밟았다. 그러자 그녀의 무릎이 일로의 오금을 세차게 강타했다.

퍽!

오금이 충격을 받자 일로는 무릎을 굽히며 몸을 휘청거렸다.

순간 송연화가 진각을 밟은 기세로 몸을 날렸다. 쉬익!

그녀의 팔꿈치가 일로의 옆구리에 정통으로 꽂혔다.

콰악!

"크윽!"

일로의 입에서 신음 소리가 터졌다.

눈 깜짝할 사이에 세 번의 공격을 적중시킨 송연화.

언뜻 보기에 그녀는 단지 일로의 손을 피해 신법을 펼쳤을 뿐이었다. 하지만 그녀의 신법은 따로 놀지 않고 장법과 권격이 연이어 뒤따랐다.

마치 물 흐르듯이 신법과 동시에 폭발하는 장법.

바로 곤륜파 운룡대팔식의 수법이었다.

만약 누군가가 멀리 태평루에서 관음보살상을 보고 있었다면 송연화가 무공을 출수한 게 아니라 상대와 함께 춤을 추었다고 생각하리라.

그만큼 그녀의 몸동작은 부드럽고 유연했다.

일로가 송연화에게 당하고 있을 때, 이로는 남궁유에게 달려들고 있었다.

"이게 얼마 만의 계집이냐!"

그가 음심을 감추지 않고 남궁유의 가슴을 향해 두 손을 뻗었다.

그런데 뜻밖의 일이 벌어졌다.

남궁유는 이로에 맞서서 싸우지도, 초식을 출수하지도 않았다. 오히려 한숨을 쉬며 몸을 돌리는 것이었다.

"휴우, 정말 짜증 나는 인간이네."

강호 삼류 무사끼리의 싸움에서도 적에게 등을 돌리는 일은 없다. 하물며 지금 상대는 화산파의 일류 고수가 아닌가?

아니나 다를까, 이로는 남궁유가 몸을 돌리자 무시를 당한 것으로 여겼다.

"이 쥐방울만 한 년이 감히!"

그가 양손을 접어서 손날을 세웠다.

남궁유의 가슴도 만질 겸 점혈을 하려던 생각을 바꾸어서 끝장을 내려는 심산이었다.

쉭쉭!

두 개의 손날이 남궁유의 등줄기를 향해 날아들었다.

당호가 경악하며 소리쳤다.

"남궁 소저! 지금 등을 보이면 어떡……."

순간 이로의 눈앞에서 남궁유의 신형이 감쪽같이 사라졌다.

스슥.

"뭐, 뭐야?"

이로가 어리둥절한 눈으로 남궁유를 찾고 있을 때, 그녀는 이미 공중에 물구나무를 선 자세로 떠올라 있었다.

이어서 남궁유가 몸을 세로로 한 바퀴 돌렸다. 부웅!

공중제비를 돈 그녀가 이로의 양어깨에 두 무릎을 처박으며 올라탔다.

터엉!

"크윽!"

이로가 신음을 내질렀다.

콱! 남궁유가 두 무릎을 한데 모아서 이로의 머리를 붙잡았다.

"너 같은 색마는 혼 좀 나야 돼!"

그녀가 소용돌이처럼 과격하게 몸을 비틀었다.

우지지직…….

이로의 목뼈가 어긋나는 소리가 들렸다.

두 무릎으로 상대의 머리를 잡고 돌려서 목뼈를 박살 낸다.

혼 좀 내는 게 아니라 아주 끝장을 보려는 수법.

앳된 얼굴과 언행과는 달리 손속에 사정을 두지 않는 남궁유다웠다.

그러나 이로도 만만한 상대가 아니었다.

그는 목뼈가 박살 나려는 찰나 남궁유의 동작에 맞춰서 같은 방향으로 몸을 비틀었다.

휘익!

강풍에 따라 휘어지는 대나무가 부러지지 않듯이 이로의
목뼈는 무사했다.

"색마 놈, 운도 좋네."

남궁유가 이로의 등을 걷어차며 공중에 뛰어올랐다.

그리고 깃털처럼 사뿐히 착지했다.

그녀가 당호를 돌아보며 말했다.

"근데 뭐라고 했어?"

"아무것도 아닙니다."

"쓸데없이 말 걸지 마. 안 그래도 색마 때문에 짜증 나는
데."

"네, 네."

차 한 모금 삼킬 시간에 주고받은 초식 대결은 두 여인의
승리로 끝났다.

화산쌍로가 서로를 보며 어깨를 으쓱했다.

"좀 이상하군."

"맞아. 이해가 안 돼."

그러더니 둘이 고개를 돌려 잠행조를 보며 묻는 것이었다.

"네년들, 내공을 안 쓰는 이유가 뭐지?"

"그래. 내공을 썼으면 내 목을 분질렀을 수도 있었어. 뭐, 나
도 구경만 하진 않았겠지만."

두 여인에게 보기 좋게 패퇴한 듯 보이던 화산쌍로.

실은 화산쌍로는 가진 실력의 절반도 발휘하지 않았다.

송연화와 남궁유를 납치해 음욕을 풀 생각이어서 손속에 사정을 두었던 것이다.

화산쌍로가 킬킬대며 웃음을 터뜨렸다.

"아아, 알겠다! 알 것 같아!"

"나도! 니들 산공독에 중독됐구나! 맞지?"

"……."

송연화와 남궁유는 물론 일행 모두 할 말을 잃고 침음했다.

화산쌍로는 엄연히 진문과 정영을 무릎 꿇린 고수였다.

때문에 단 한차례 초식을 섞었을 뿐인데 송연화와 남궁유가 산공독에 중독된 사실을 미루어 짐작한 것이었다.

일행은 침을 꿀꺽 삼켰다.

내공심법의 유무는 강호에서 목숨과 직결된다.

즉 가장 숨기고 싶은 사실을 적에게 들킨 것이다.

그것도 하필 개차반에 파락호인 화산쌍로한테.

남궁유가 뾰로통한 목소리로 말했다.

"쳇, 눈치 한번 더럽게 빠르네."

송연화가 그녀를 격려했다.

"어차피 계속 숨길 수는 없는 일이었어요."

스릉!

화산쌍로가 허리춤에서 검을 뽑았다.

"친절하게 모셔 가려 했더니 안 되겠군. 손목 하나씩 자르자."

"들었냐? 그러길래 고분고분 말을 듣지 그랬어?"

송연화와 남궁유가 코웃음을 쳤다.

"흥! 화산파 검법은 아미의 외공만으로 충분해!"

"맞아요. 곤륜도 화산검법을 맞아 기꺼이 외공으로 상대해 드리죠."

무명은 둘을 보며 속으로 혀를 내둘렀다.

'강호에는 숨은 여고수(女高手)가 즐비하다고 하는데, 창천칠 조야말로 정말 그렇군.'

곤륜파의 여걸 송연화, 아미파와 남궁세가의 여식 남궁유.

게다가 쾌속한 검법은 이강마저 인정하는 정영까지.

두 여인은 한 치의 물러섬도 없이 화산쌍로와 눈싸움을 벌였다.

하지만 무명은 고개를 저었다.

'역시 무리다.'

송연화와 남궁유는 명문정파의 후기지수답게 패기를 잃지 않고 있었다.

그러나 둘의 얼굴은 초췌했고 피부는 거칠었다.

지하 도시에서 탈출한 뒤 금위군에게 붙잡혀서 제대로 먹지도 자지도 못했을 것이 뻔했다.

게다가 산공독에 중독까지 된 몸이 아닌가?

정신력만으로 화산쌍로 같은 일류 고수와 상대한다고?

'애초에 말이 안 되는 얘기다.'

그때였다.

[보나마나 창천칠조 놈들이 진다.]

이강이 전음을 보냈다. 무명이 깜짝 놀라며 물었다.

[전음을 보낼 수 있었소? 산공독에 중독된 것 아니오?]

[독기가 조금 풀린 것 같다. 지금 해보니 전음은 그럭저럭 되는군.]

[진작 좀 시험해 보지 그랬소?]

[불평하지 마라. 형틀 수갑에서 풀려난 덕분에 기혈이 잘 돌아가서 그런 것 같으니까.]

[뭐 좋소. 그보다 당신이 손을 합하면 어떻소? 창천칠조 넷에 당신이면 외공만으로 화산쌍로를 상대할 수 있지 않을까?]

[더 좋은 방법이 있다.]

[그게 무엇이오?]

이강의 대답은 전혀 생각지도 못한 것이었다.

[창천칠조 네 연놈의 목숨을 던져주고 우리는 도망치자.]

스르릉!

화산쌍로가 검을 뽑아 들었다.

그때 무명의 머릿속에 이강의 전음이 들렸다.

[창천칠조를 미끼로 던져주고 우리 둘은 도망치자.]

[우리만 도망치자고?]

무명은 하마터면 전음을 보내는 게 아니라 육성으로 소리 칠 뻔했다.

[지금 그게 할 소리요? 당신들은 지하 도시에서 천신만고 끝에 탈출한 동료가 아니오?]

[동료?]

이강이 킬킬거리며 말했다.

[언제부터 저놈들이 내 동료였지? 무림맹 놈들은 남의 생각 을 읽는 내 능력을 이용하려는 것뿐이다. 제갈성 말 못 들었 냐? 때를 놓쳤다가는 영영 참회동에 틀어박힐 수도 있는 게 내 신세다.]

[하지만······.]

[인피면구 쓴 저 두 놈은 나만큼 개차반이지만 무공은 진짜 다. 금성추도 없겠다, 내공도 못 쓰겠다. 아무리 나라도 외공 만 갖고는 쉽지 않아.]

[······.]

[뭐, 그래도 내가 지지는 않겠지. 한데 지금 개차반 놈들이 랑 싸울 때냐? 금위군은?]

무명은 말문이 막혔다.

화산쌍로는 둘인데 이쪽은 무공을 모르는 무명을 제외해도 다섯이었다.

산공독 탓에 내공도 못 쓰고 수중에 병장기도 없지만 적어도 맞서 싸우기에는 충분하리라.

그러나 문제가 있었다.

청성과 금위군.

[당장에라도 금위군이 들이닥칠지 몰라. 그럼 모든 게 끝장이다.]

산공독 때문에 남의 생각을 못 읽는 이강.

하지만 지금 그의 말은 마치 무명의 머릿속을 환히 들여다보고 있는 것 같았다.

[네놈한테는 아직 빚이 남아 있지. 그래서 함께 가자는 거다.]

[그놈의 빚 갚기 한번 대단하시군.]

[정 싫다면 관두든지, 후후후.]

이강이 기분 나쁘게 웃음을 흘렸다.

갑자기 그가 정색하는 목소리로 말했다.

[내 제안은 단지 저놈들을 배신하자는 게 아니다.]

[우리만 도망치자는 게 배신이 아니라고?]

[그래. 무림맹의 망자 멸절 계획을 위해서라도 네놈은 도망쳐야지?]

[…….]

무명은 다시 할 말이 없어졌다.

[오히려 이건 창천칠조의 임무다. 무공을 모르는 네놈을 위험에서 빼내어 먼저 피신시키는 것. 내 말이 틀렸냐?]

무명은 대답 없이 침음했다.

이강의 말이 논리정연하여 반박할 여지가 없었기 때문이다.

무명은 슬쩍 이강과 창천칠조의 면면을 살폈다.

창천칠조 넷은 화산쌍로에게 이글거리는 시선을 고정하고 있었다.

당장에라도 생사를 건 싸움이 터질 것 같았다.

이강 역시 두 눈은 없지만 화산쌍로 쪽을 향하고 있었다.

실은 창천칠조를 미끼 삼을 흉계를 꾸미면서…….

그러면서도 태연자약한 표정을 짓고 있는 이강을 보자니 무명은 등줄기에 소름이 끼쳤다.

'이자는 진짜 악인이다.'

동시에 무명은 이강의 제안에 점점 마음이 기울고 있는 자신을 발견했다.

그는 생각했다.

'어쩌면 이강의 말이 옳을지도 모른다. 나는 무공도 모르는 일개 서생이 아닌가?'

중원 천하의 안위?

어차피 자신이 죽으면 모든 것이 부질없을 뿐이다.

그렇다면 일단 살고 봐야 되지 않을까?

이제 무명은 이강의 말이 어느 쪽에 속하는지 알 수 없었다.

상황을 냉정하게 판단한 것인지, 아니면 악마의 달콤한 유혹인지…….

[아직도 결정 못 했냐? 시간이 없다니까!]

이강이 독촉했다.

[셋을 세면 물속으로 뛰어들어라. 화산쌍로는 내가 막으마.]

[…….]

[하나!]

화산쌍로가 흉흉한 안광을 내뿜으며 관음보살상 위를 걸어오기 시작했다.

창천칠조 넷이 몸을 비스듬히 하고 손을 올려서 기수식을 취했다.

[둘!]

무명의 눈빛이 싸늘하게 식었다.

그때였다.

피이이이잉…….

어디선가 날카로운 파공음이 길게 꼬리를 끌며 귀청을 찔렀다.

동시에 불꽃 한 줄기가 칠흑 같은 밤하늘을 가로지르며 반원을 그렸다.

불화살이었다.

순간 하늘에서 검은 빗줄기가 쏟아졌다.

후두두두둑!

빗줄기는 창천칠조와 화산쌍로의 사이를 가로막으며 떨어졌다.

마치 두 무리 사이에 자를 대고 금을 그은 것처럼.

서로에게 달려들던 창천칠조와 화산쌍로가 깜짝 놀라며 걸음을 멈췄다.

그런데 그들을 두 번 놀라게 하는 사실이 있었다.

검은 빗줄기가 관음보살상 위에 수직으로 꽂힌 채 형체를 유지하고 있는 것이 아닌가?

"이게 뭐야?"

그들은 고개를 내리다가 경악하고 말았다.

어둠 속에서 날아온 것은 빗줄기가 아니었다.

그것은 강궁의 화살대였다.

이강이 차가운 목소리로 전음을 날렸다.

[다 틀렸다, 이 샌님아.]

무명은 정신이 번쩍 들었다.

불화살로 적 진영을 확인한 뒤 일제히 사격한 강궁 세례.

그것이 뜻하는 것은 하나였다.

청성이 금위군을 이끌고 주작호에 당도한 것이었다.

무명은 태평루 쪽으로 고개를 돌렸다.

'금위군이 왔다고? 어느새?'

도무지 믿을 수 없었다.

청성은 희생을 피하려고 관음보살상의 경비를 물렀다.

이후 태평루 주위에는 한 번도 불빛이 보이지 않았다.

그런데 금위군이 나타났다고?

별장에서 태평루까지 축지법이라도 썼다는 말인가?

문득 무명은 자신의 실수를 깨달았다.

'애초에 불을 밝히지 않고 숨어서 왔군.'

그랬다.

관음보살상이 쓰러진 순간 청성은 금위군을 이끌고 급히 별
장을 떠났다.

그들은 말을 타지도, 불을 밝히지도 않았다.

불을 밝히기는커녕 숨소리와 발소리조차 죽인 채 관음보살
상을 향해 빠르게 이동했다.

그리고 첫 번째 강궁 사격으로 움직이지 말라는 경고를 보
내면서 비로소 모습을 드러낸 것이었다.

이강도 그 사실을 알아차렸는지 무명을 비웃었다.

[강호의 모지리 몇 놈한테 속임수 좀 썼다고 네놈만 심계를
쓸 줄 알았냐? 아주 제대로 당했군, 한낱 서생 놈아.]

그의 말이 비수처럼 심장을 찔렀지만 무명은 반박할 수 없
었다. 사실이었으니까.

금위군 정예 중의 정예.

거기에 노련한 청성의 지휘까지.

무명은 새삼 실감했다.

'천외천. 하늘 위에 하늘이 있는 것은 무공만이 아니다.'

화산쌍로가 욕설을 내뱉었다.

"빌어먹을!"

"일단 튀고 보자!"

둘은 주작호로 뛰어들기 위해 몸을 돌렸다.

순간 강궁 한 발이 날아와 일로의 발 앞에 꽂혔다.

팍!

이어서 날카로운 파공음이 뒤를 이었다.

피이이잉!

강궁이 박힌 다음에 소리가 들렸다는 게 의미하는 것은 하나였다.

화살이 소리보다 빠르게 날아왔다는 뜻이다.

일로가 움찔하며 발을 멈췄다.

그러나 곧 이를 뿌드득 갈며 호수로 몸을 날렸다.

"이런 제길… 에라!"

일차 경고 사격에도 불구하고 계속 움직이는 목표를 강궁의 주인이 그냥 놓아둘 리 없었다.

두 번째 화살이 소리 없이 어둠을 갈랐다.

일로도 무작정 주작호에 뛰어들려던 것이 아니었다.

소리는 들리지 않았지만 그는 공기의 흐름을 읽고 화살이 날아오는 방향을 짐작했다.

"거기렷다!"

일로가 어둠으로 검을 뻗었다.

파앙!

매화검기가 날아오는 화살을 강타했다.

그러나 검화는 화살을 두 갈래로 쪼개지도, 부러뜨리지도 못했다.

화살에 상상할 수 없을 만큼 강맹한 내력이 실려 있었기 때문이다.

까앙!

검과 화살이 부딪쳤는데 마치 쇠와 쇠가 충돌하는 굉음이 터졌다.

일로는 간신히 화살을 튕겨내는 데 성공했다.

하지만 방향을 살짝 바꾼 화살이 그대로 날아와 그의 얼굴을 스치고 지나갔다.

촤악!

화살이 일로의 얼굴을 그으면서 인피면구를 찢어발겼다.

툭.

인피면구의 입가가 찢어져서 관음보살상 위에 떨어졌다.

일로의 맨얼굴 아랫부분이 드러났다.

썩은 고목처럼 주름살 많은 피부와 퉁퉁 불어 터진 듯한 입술.

불과 삼분지 일밖에 드러나지 않았지만 일로의 얼굴은 말

그대로 추남이었다.

남궁유가 피식 웃으며 말했다.

"뭐 저렇게 못생긴 남자가 다 있어?"

일로의 눈빛이 극악해졌다.

"개년아, 아주 입을 꿰매주마."

그때 누군가의 목소리가 주작호에 울려 퍼졌다.

"움직이지 마라."

목소리는 마치 귓가에 입을 대고 말하는 것처럼 또렷하게 들렸다.

"한 발짝만 움직여도 죽는다. 물속으로 뛰어들어도 죽는다. 살아남을 자신이 있으면 도망쳐라."

"……."

화산쌍로는 물론 잠행조도 침을 꿀꺽 삼키며 감히 발을 옮기지 못했다.

일로가 믿을 수 없다는 듯이 중얼거렸다.

"방금 화살은 설마 대력강궁인가……?"

그 말에 관음보살상 위에 있는 모든 자가 깜짝 놀랐다.

대력강궁(大力强弓)은 서문세가의 십이 대 가주 서문경이 창시했다는 궁법이다.

서문경이 쓰는 강궁은 기골이 장대한 육 척 사내도 시위를 당기지 못했다고 한다.

그가 강궁을 쏠 수 있는 까닭은 내공심법에 있었다.

활시위를 근육의 힘만으로 당기지 않고 손과 어깨에 내력을 싣는 게 핵심이었다.

물론 서문경 말고도 화살에 내공을 싣는 강호인은 숱하게 많았다.

하지만 서문경의 수법은 달랐다.

그는 활과 화살에 싣는 내력을 절묘하게 조절했다.

때문에 그가 쏜 화살은 단지 강맹한 위력이 실린 것을 넘어서 소리 없이 날아드는 경지에 도달할 수 있었던 것이다.

고요한 가운데 느닷없이 목을 꿰뚫는 대력강궁.

미처 화살 소리를 듣기도 전에 불귀의 객이 된 흑도 무리가 수십 명이 넘는다는 소문마저 돌았다.

아쉽게도 서문경의 수법은 서문세가가 십여 년 전에 멸문하면서 자취를 감추었다.

그런데 지금 화산쌍로가 대력강궁을 입 밖으로 꺼낸 것이다.

물론 대력강궁을 쓰는 자가 누구인지는 분명했다.

금위군 총대장, 무당파 오상검 청성이었다.

청성의 무거운 목소리가 주작호에 떨어졌다.

"한 명씩 신상을 걸어서 태평루로 와라."

"……."

창천칠조가 무명을 힐끗 돌아봤다.

무명은 뭐라 할 말이 없었다.

화산쌍로가 앞을 가로막는 바람에 결국 금위군에게 덜미를 붙잡히고 말았다.

잠행조 탈출 작전은 실패한 것이었다.

화산쌍로도 얼굴을 맞대고 수군거렸다.

"사형, 어떡하면 좋지?"

"일단 가보자. 무당파 놈 면상을 확인해야 다음에 복수하지."

일로가 자신만만하게 대답했다.

하지만 핑계를 둘러댄 것일 뿐, 그가 청성의 대력강궁을 두려워한다는 것은 누구나 짐작할 수 있었다.

이강이 킬킬대며 말했다.

"명문정파 놈들, 잘난 척하더니 금위군에게 맥도 못 추는군."

사람들이 천천히 걸음을 옮겼다.

무명과 이강, 창천칠조, 화산쌍로까지 모두 여덟 명은 한 명씩 관음보살상을 내려왔다.

그때였다.

화르르륵!

십여 개의 횃불이 일제히 피어올랐다.

어두운 태평루 주위가 대낮처럼 밝아졌다.

무명은 눈이 부셔서 양 눈썹을 찌푸렸다.

그러다가 뜻밖의 사실을 깨달았다.

횃불 속에서 어른거리는 금위군의 숫자가 채 오십 명도 안 되는 것이 아닌가?

무명의 두 눈이 재빠르게 움직이며 사람 수를 셌다.

'청성을 빼면 모두 서른여섯 명……?'

이강이 전음을 보냈다.

[또 속았군.]

무명은 대답을 못 하고 침음했다.

행차에 온 금위군은 삼백 명이 넘는다.

금위군은 삼교대로 경비를 서고 있으니, 무명은 태평루로 출동한 자들이 최소 백 명은 되리라 예상했었다.

하지만 짐작은 보기 좋게 빗나갔다.

청성이 끌고 온 자들은 서른여섯 명에 불과했다.

게다가 그들은 방천극도 없으며 가벼운 갑주를 걸치고 있었다.

또한 양손에는 강궁을 든 채 등에는 화살통을 메고 허리춤에는 환도를 찼다.

무명이 씁쓸하게 중얼거렸다.

"별동대."

별동대(別動隊)는 본대와 떨어져서 움직이는 부대다.

가벼운 무장으로 전장을 동에 번쩍 서에 번쩍 종횡하는 별동대. 청성은 한 조에 여섯 명씩, 총 육 개 조의 별동대를 이끌고 번개처럼 태평루로 달려왔던 것이다.

눈앞의 별동대는 정예 중의 정예이리라.

하지만 제아무리 정예라도 어둠 속에서 잠행조 전원을 쏘아 맞출 수는 없다.

무명은 입술을 질끈 깨물었다.

'그냥 주작호로 뛰어들었어야 했다.'

청성은 폭뢰를 터뜨려서 잠행조를 몰살시킬 생각이었다.

그렇다면 차라리 모두 물속에 뛰어드는 편이 나았다.

최소한 하나둘은 살아서 도망쳤을 테니까.

그러나 금위군 백여 명이 퍼붓는 강궁 세례를 예상하고 잠행조는 발을 돌렸던 것이다.

청성이 당장 사격을 명령하지 않은 이유는 하나였다.

'한 명이라도 놓쳐 버릴 위험을 없애기 위해서였군.'

결국 잠행조와 화산쌍로는 청성의 손바닥 위에서 놀아난 셈이나 다름없었다.

무명은 청성의 심계에 두 번 속은 것이었다.

청성이 눈짓으로 신호했다.

금위군이 일제히 강궁을 겨누었다.

척!

화살은 서른여섯 발. 목표는 여덟 명.

최소 화살 네 발이 무명의 몸을 꿰뚫을 찰나였다.

한 명도 놓치지 않고 일망타진하려는 청성의 심계.

무명은 보기 좋게 속고 말았다.

그는 금위군이 겨눈 강궁 앞에서 꼼짝 못 하고 얼어붙었다.

단지 공포에 질렸기 때문이 아니었다.

위기를 돌파하고 살아날 방법이 전혀 보이지 않았기 때문이었다.

그때 이강이 전음으로 차갑게 일갈했다.

[정신 차려라, 서생 놈아.]

[……]

[정신 차리라니까!]

[당신은 죽음이 두렵지도 않소?]

[죽음이 두려우면 강호에 나오지 말고 첩첩산중에서 풀뿌리 캐 먹으며 살면 되는 일이다. 숨통이 끊어지기 전까지는 살 방법을 찾아라. 네놈도 강호인이라면.]

[강호인? 나는 한낱 서생일 뿐이오.]

무명이 쓴웃음을 지으며 대답했다.

그런데 이강이 뜻밖의 말을 했다.

[네놈은 강호인이다.]

[그걸 당신이 어찌 아오?]

[기관진식 방을 탈출할 때를 떠올려라. 그때 네놈은 그 어떤 절정 고수도 범접하지 못할 만큼 침착하게 위기에 맞섰다.]

[…그건 두뇌 싸움이었소. 지금은 화살 앞이오.]

[아니. 무공 대결도 심계와 다르지 않아. 일정 수준에 오르

면 결국 상대를 제압하는 것은 냉정한 판단력과 과감한 행동력이다.]

[……!]

[눈앞의 화살은 잊어라. 살아남는 데만 집중해.]

무명의 가슴속에서 무언가가 꿈틀했다.

이강의 말이 패배감에 젖은 무명의 마음에 전의를 불태우게 만들었던 것이다.

금위군이 강궁을. 겨누자 무명은 호흡이 가빠지고 심장이 쿵쿵거리며 뛰었다.

그런데 어느새 심장이 차갑게 가라앉아 있었다.

마치 얼음으로 만들어진 것처럼.

무명은 냉랭한 시선으로 재빨리 태평루를 훑었다.

'살아남을 길을 찾자.'

그는 생각에 생각을 거듭했다.

그러나 마땅히 좋은 방법이 보이지 않았다.

금위군 서른여섯 명은 초승달 모양으로 늘어서서 잠행조와 화산쌍로를 포위했다.

그리고 당장에라도 화살을 쏠 것처럼 시위를 팽팽하게 당기고 있었다.

그들이 시위에서 손을 놓는 순간 무명의 몸에 강궁 네 발 이상이 꽂히리라.

이강, 창천칠조, 화산쌍로 중 몇 명은 일차 사격을 피할 수 있을 것이다.

하지만 살아서 도망칠 수 있느냐는 회의적이었다.

차 한 모금 삼킬 시간에 이차 사격이 날아올 게 뻔했다.

게다가 어둠 속에서 소리 없이 날아올 청성의 대력강궁은 무슨 수로 피할 것인가?

'천라지망에 갇혔군.'

천라지망(天羅地網). 피할 곳 없이 하늘과 땅을 뒤덮은 그물.

금위군이 활시위를 끊어질 정도로 잡아당겼다.

그때였다.

멀리 어둠 속에서 사람 그림자 하나가 어른거렸다.

'도박이다!'

순간 무명은 금위군의 화살이 목에 박힐 것을 각오하고 앞으로 나갔다. 그리고 인영을 향해 포권지례를 하며 소리쳤다.

"우 공공이 아니십니까?"

그 말이 결정적이었다.

막 시위를 놓으려던 금위군들이 멈칫하며 시선을 돌려 청성을 봤다.

우수전은 황태후를 옆에서 모시고 온 환관이다.

황태후와 영왕을 제외하면 이번 행차에서 가장 지위가 높은 자라는 뜻이었다.

그런 참에 무명이 우수전을 부르며 앞으로 나가자 금위군은 동작을 멈출 수밖에 없었던 것이다.

무명은 인영을 보자마자 우수전이라고 직감했다.

그 이유는 하나.

'사태가 발생하자 재빨리 달려왔다.'

관음보살상이 쓰러지자 가장 먼저 온 것은 청성과 금위군 별동대였다.

만약 청성 다음으로 태평루에 도착할 자가 있다면 무공 고수인 우수전이 유일했다.

노련한 청성도 그 사실을 알아차렸을 것이다.

하지만 무명이 선수를 쳤다.

무명이 대뜸 '우 공공'을 외치며 나서자 금위군은 활시위를 놓을 수 없었다.

그 바람에 청성은 우수전까지 죽여서 입막음을 할 기회를 놓쳐 버렸다.

무명이 포권지례를 취했다.

"우 공공, 이 밤중에 어인 일이십니까?"

우수전이 날카로운 눈빛으로 주작호를 가리켰다.

"이게 대체 무슨 변고인가? 관음보살상이 쓰러졌지 않은가?"

무명은 속으로 웃음이 나왔다.

우수전쯤 되면 주작호에 도착하기 전에 이미 상황을 알아차렸을 것이다.

그런데 놀란 표정으로 시침을 떼는 연기가 썩 그럴싸해 보였던 것이다.

우수전이 태평루에 있는 사람들을 둘러보며 말했다.

"황태후께서 영왕 전하에게 내린 관음보살상이 이리 되었으니 모두 대죄를 면치 못할 것이오."

그때 무명이 재빨리 끼어들었다.

"지금 큰 다툼이 벌어졌습니다. 관음보살상은 아무것도 아니지요."

"큰 다툼?"

"예."

무명이 숨기고 있던 비장의 한 수를 던졌다.

"망자비서를 놓고 한판 싸우려던 중입니다."

"……!"

그 말에 모두가 입을 딱 벌렸다.

창천칠조, 화산쌍로, 청성은 물론 우수전까지.

무명은 거기서 멈추지 않고 천연덕스럽게 한마디 질문을 보냈다.

"망자비서를 원하는 자가 하나둘이 아닙니다. 한데 비서는 한 권뿐. 대체 누구한테 내어줘야 좋을지 모르겠군요. 안 그렇습니까, 우 공공?"

다들 경악한 표정으로 말을 꺼내지 못했다.

긴장감으로 가득 차 있던 태평루는 갑자기 바늘 떨어지는 소리도 들릴 만큼 적막에 잠겼다.

이강이 킬킬거리며 전음을 보냈다.

[서생 놈, 불붙은 집에 기름을 끼얹는 것도 모자라 폭뢰를 던졌군.]

[나는 무공을 모르니 세 치 혀를 써야 되지 않겠소?]

[칼보다 붓이 강하다고 했지만 네놈 같은 모략꾼은 내 평생 처음이다, 후후후.]

그랬다.

무명의 한마디 말은 강호에서 산전수전을 다 겪은 자들마저 당황하게 만들기에 충분했다.

태평루에 모인 자들은 모두 망자비서를 노리고 있었다.

하지만 그 사실을 아무도 입 밖에 내지 않았다.

겉은 웃으면서 속은 비수를 품은 늑대들.

그런데 무명이 굶주린 늑대들 앞에 떡하니 먹잇감을 던져 놓은 것이다.

이제 늑대들은 아귀다툼을 벌이리라.

그 난리통에 잠행조를 죽이려 한 청성의 계책 또한 방향을 잃으리라.

바로 무명이 떠올린 비장의 한 수였다.

무명은 거기서 멈추지 않았다.

그가 창천칠조를 가리키며 말했다.

"이쪽은 무림맹의 창천칠조입니다. 구대문파 중에 숭산파, 곤륜파, 아미파의 제자들이며 동시에 사천당문과 남궁세가에도 속해 있지요."

계속해서 그는 화산쌍로를 가리켰다.

"여기 두 분은 화산파의 제자로, 강호에서는 화산쌍로라는 별호로 알려져 있습니다."

다음 차례는 청성이었다.

"다들 아시겠지만 금위군 총대장님은 높으신 관리인 동시에 무당파 오상검이란 별호로 위명을 떨치고 있죠."

그리고 마지막 우수전.

"우 공공은 사례감의 병필부에 계십니다. 즉 황상의 명을 받아 직접 수행하시는 분이지요."

무명은 일부러 길게 말꼬리를 늘였다.

안 그래도 적막하던 태평루는 더욱 침묵에 빠졌다.

이강이 전음을 보냈다.

[동창의 우 공공? 저놈 신분을 밝히는 것이 네 노림수였군.]

[그렇소.]

사례감의 병필부.

황상의 명을 직접 받아 수행하는 환관 조직 동창.

아무리 지위가 높은 고관대작이라도 동창의 말 한마디에 목이 떨어진다는 사실은 중원 누구나 알고 있는 일 아닌가?

모두가 뜨악한 표정으로 우수전을 바라봤다.

금위군 역시 강궁은 겨누고 있으나 어리둥절한 시선으로 우수전을 살피고 있었다.

하지만 안심할 때가 아니었다.

'청성이 마음먹고 명을 내리면 정예 금위군은 활을 쏠 것이다.'

무명은 계속해서 다음 수순을 밟아나갔다.

"이번에 망자비서가 우여곡절 끝에 제 손에 들어왔습니다."

그는 사람들을 한 번씩 둘러보며 말했다. 그리고 마지막으로 우수전에게 눈길을 돌렸다.

"그런데 비서를 달라고 내미는 손이 많으니 어찌해야 좋을지 모르겠군요. 우 공공, 부디 가르침을 주십시오."

"……"

굶주린 늑대 같던 우수전마저 무명의 대담함에 대답을 못했다.

이강이 웃음을 터뜨렸다.

[후후후, 기가 막힐 노릇이구나.]

[어차피 우리는 외통수에 걸렸소.]

[판을 뒤집고 아예 새판을 짤 셈이냐?]

[바로 맞추었소.]

드디어 우수전이 포권지례를 하며 입을 열었다.

"천하 모든 것의 주인은 황상이시오. 망자비서는 당연히 황상에게 바쳐야 될 것이오."

그가 포권지례를 한 것은 황상을 입에 담았기에 예의를 갖춘 것이었다.

아무도 우수전의 말에 반박하지 못하고 침음했다.

당연했다. 지금 망자비서를 내놓으라고 한다면 황상의 명에 거역하는 셈이 된다.

누가 감히 구족을 멸할 대역죄인을 자처하겠는가?

[이거 정말 재미있구나!]

[광소라도 터뜨리고 싶으시오? 일이 아직 급박하니 참으시오.]

[알았다, 크크크.]

그때 우수전의 말에 반박하는 자가 나왔다.

"그렇게는 안 된다. 망자비서는 영왕 전하가 먼저 보셔야 된다."

바로 화산쌍로 중 일로였다.

우수전이 화산쌍로를 향해 고개를 삐딱하게 기울였다.

"그래야 될 이유가 있소?"

"영왕 전하는 중원의 누구보다 먼저 망자비서를 찾으셨다. 중원의 평화를 지키고 황상을 보필하기 위해서다. 그러니 망자비서는 영왕 전하에게 드려야 된다."

일로의 말은 억지나 다름없었다.

하지만 나름대로 꾀를 쓴 억지였다.

화산파가 줄을 잇고 있는 영왕을 앞에 내세웠으니까.

그러나 우수전은 노련했다.

"영왕 전하가 황상에 대한 충심이 그리 깊은지 몰랐소. 내가 황상께 망자비서를 일단 보신 뒤에 꼭 영왕 전하께 하사하시도록 잘 말씀드리겠소."

"그, 그럼 감사할 일이지만……."

일로는 더 말을 잇지 못하고 침음했다.

황제가 먼저 보고 영왕에게 주겠다.

말만 들으면 귀가 솔깃할 얘기다.

하지만 망자비서를 황제와 동창에게 빼앗긴다는 점은 다를 게 없었다.

영왕 전하를 내세운 화산쌍로는 결국 본전조차 찾지 못한 셈이었다.

이번에는 무명이 말을 꺼냈다.

"총대장님과 무당파의 고견은 어떠십니까?"

그 말에 사람들이 무명과 청성을 번갈아 봤다.

"무당파는 태자 전하와 각별한 사이로 알고 있습니다. 태자 전하 또한 망자비서를 찾고 계시지 않습니까? 총대장님의 말씀을 듣고 싶군요."

"……."

청성이 무명과 우수전을 한 번씩 돌아봤다.

그러나 그는 아무 말도 꺼내지 않았다.

황제를 내세우는 우수전에게는 어떤 말도 통하지 않는다고 여겼기 때문이었다.

먹이는 하나. 굶주린 늑대는 여러 마리.

늑대들은 서로 눈치를 보느라 함부로 먹이를 물지 못했다.

바로 무명이 원하던 것이었다.

무명이 모두를 둘러보며 말했다.

"밤이 깊었습니다. 못 다한 얘기는 별장으로 돌아가서 하시지요?"

우수전이 대답했다.

"그게 좋겠군. 신상을 쓰러뜨린 책임은 후에 묻겠소."

그는 옷자락을 휘날리며 도도하게 몸을 돌렸다.

청성이 싸늘하게 가라앉은 눈으로 무명을 노려봤다.

그는 사고를 핑계 삼아 창천칠조를 제거할 생각이었다.

하지만 무명의 재빠른 임기응변에 기회를 놓치고 말았다.

지금 강궁을 쏜다면 우수전까지 죽여야 되는 것은 물론 뒷감당이 고약해질 게 뻔했다.

또한 관음보살상을 쓰러뜨린 죄는 금위군이 고스란히 뒤집어쓰게 되었다.

애초에 신상을 지키는 책임은 금위군에게 있었으니까.

무명은 담담하게 청성의 눈빛을 대했다.

그리고 전음을 보내듯 속으로 혼잣말을 했다.

'이것으로 일승일패씩 주고받았소.'

청성이 금위군에게 눈짓으로 신호했다. 그리고 잠행조와 화산쌍로에게 말했다.

"모두 별장으로 간다."

금위군이 강궁을 겨눈 채 양쪽으로 갈라져 길을 열었다.

잠행조는 서로 시선을 교환하다가 발을 옮겼다.

강궁 세례를 피할 방법이 없으니 당장은 금위군의 지시에 따르는 수밖에 없었다.

화산쌍로 역시 분한 표정으로 따라왔다.

당호가 무명 옆에 붙으며 속삭였다.

"대체 일이 어떻게 되어가는 겁니까? 망자비서를 정말 내어주시려고요?"

"설마 그럴 리가 있겠소?"

무명이 피식 웃으며 대답했다.

"동창, 무당파, 화산파. 당장은 저들끼리 싸우는 걸 지켜볼 생각이오. 그러다가 틈을 타서 도망칩시다."

남궁유가 말했다.

"당신과 엮이면 허구한 날 도망치기 바쁘네."

그 말에 잠행조 모두 쓴웃음을 지으며 고개를 끄덕였다.

하지만 표정이 그리 나쁘지는 않았다.

살지 죽을지 모르는 채 형틀에 묶여 있던 잠행조.

어쨌든 무명의 계책으로 당장 죽을 위기는 피한 셈이니까.

무명은 발을 옮기며 생각했다.

'지금부터가 진짜다.'

이제 영왕 별장에 맹수들이 모여서 망자비서를 노리는 아귀다툼을 벌일 것이다.

싸움이 끝나면 모든 맹수가 살아남기는 힘들 것이다.

'기회를 틈타 별장에서 탈출한다.'

그러나 무명과 잠행조는 별장에 도착한 뒤 단 한 발짝도 나갈 수 없었다.

『실명무사』 7권에 계속…

초대형 24시 만화방

신간 100%, 샤워실, 흡연실, 수면실(침대석), 커플석, 세탁기 완비

■ 광명 광명사거리역점 ■

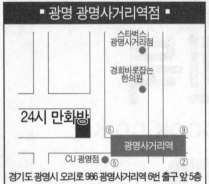

경기도 광명시 오리로 986 광명사거리역 6번 출구 앞 5층
02) 2625-9940 (솔목타워 5층)

■ 강북 노원역점 ■

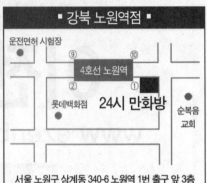

서울 노원구 상계동 340-6 노원역 1번 출구 앞 3층
02) 951-8324 (화용빌딩 3층)

■ 일산 정발산역점 ■

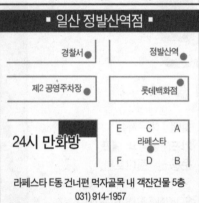

라페스타 E동 건너편 먹자골목 내 객잔건물 5층
031) 914-1957

■ 일산 화정역점 ■

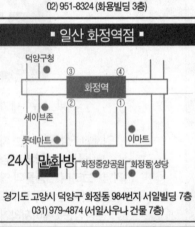

경기도 고양시 덕양구 화정동 984번지 서일빌딩 7층
031) 979-4874 (서일사우나 건물 7층)

■ 부천 역곡역점 ■

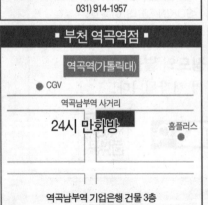

역곡남부역 기업은행 건물 3층
032) 665-5525

■ 부평역점 ■

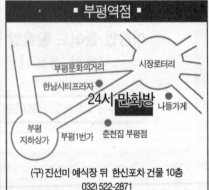

(구) 진선미 예식장 뒤 한신포차 건물 10층
032) 522-2871

FANTASTIC ORIENTAL HEROES

와룡봉추

임영기 新무협 판타지 소설

세상천지 원하는 것을 모두 다 이룬

천하제일인 십절무황(十絕武皇),

우화등선 중, 과거 자신의 간절한 원(願)과 이어진다.

"…내가 금년 몇 살이더냐?"

"공자께선 올해 스무 살이죠."

개망나니였던 육십사 년 전으로 돌아온

화운룡(華雲龍).

멸문으로 뒤틀린 과거의 운명이 뒤바뀐다!

검선마도

조돈형 新 무협 판타지 소설

FANTASTIC ORIENTAL HEROES

매화가 춤을 추고 벽력이 뒤따른다!

분심공으로 생각과 행동을
둘로 나눌 수 있게 된 풍월.

한 손엔 화산파의 검이, 다른 한 손엔 철산도문의 도가.
그를 통해 두 개의 무공이 완벽하게 하나가 된다.

검과 도, 정도와 마도!
무결점의 합공이 시작된다.

십이천문

허담 新무협 판타지 소설

十二天門

FANTASTIC ORIENTAL HEROES

무림에서 손꼽힐 만한 무공을 지녔지만
못생긴 외모로 경시받던 남자, 나왕.
친부모 얼굴도 모른 채 약초꾼의 아들로 살던 소년, 적월.

산속 동굴에서의 우연한 만남은
두 사람을 밝혀지지 않은 과거로 이끈다.

"네겐 약초꾼과는 다른 운명이
기다리고 있을 것 같구나."

어느 날 갑자기 사라졌던 청부문의 부활!
끔찍했던 붉은 달밤의 비극을 파헤친다.

Book Publishing CHUNGEORAM

WWW.chungeoram.com

FUSION FANTASTIC STORY

초인의 게임

니콜로 장편소설

지저 문명의 침략으로 멸망의 위기에 빠진 인류.
세계 최고의 초인 7명이 마침내 전쟁을 종식시켰으나
그들의 리더는 돌아오지 못했다.

그리고 17년 후.

"서문엽 씨!
기적적으로 생환하셨는데 기분이 어떠십니까?"
"…너희 때문에 X같다."

죽어서 신화가 된 영웅.
서문엽이 귀환했다.

Book Publishing CHUNGEORAM

유행이 아닌 자유추구 -
WWW.chungeoram.com